cambridge FRENCH 1

Sous la direction de Kate
Beeching, Michael Salter
et Christopher Wightwick

Conseillères linguistiques :
Véronique Bussolin et
Annie Tavet

carnaval

LIVRE DE L'ÉLÈVE BILL PEASE-WATKIN & JOHN GREENWAY

CAMBRIDGE
UNIVERSITY PRESS

Published by the Press Syndicate of the University of Cambridge
The Pitt Building, Trumpington Street, Cambridge CB2 1RP
40 West 20th Street, New York, NY 10011–4211, USA
10 Stamford Road, Oakleigh, Melbourne 3166, Australia

First published 1996

Printed in Great Britain at the University Press, Cambridge

A catalogue record for this book is available from the British Library

Library of Congress cataloguing in publication data applied for

ISBN 0 521 42545 X paperback

Designed by Pardoe Blacker Publishing Ltd,
Shawlands Court, Newchapel Road, Lingfield, Surrey RH7 6BL, England

Cover photographs: *tr* © Tony Stone Images; *bl, bc, br* Tick Ahearn,
outdoor equipment supplied by Blacks, Camping and Leisure Ltd.

Photographs: 1 Michael Dent; 2 *main pic* Rapho / S. Fournier, *inserts* Michael Dent; 4 Michael Dent, *tl* Zefa; 5
Michael Dent; 6–7 A Science Photo Library / Roger Ressmeyer, Starlight, B Science Photo Library / Alex Bartel, D,
U, V, W Michael Dent; K Zefa / U. Mueller, L Rex Features, F, M Trevor Hill; O Zefa / U. Mueller, P Zefa, R Airbus
Industrie, S Rex Features / Agence D.P.P.I., *inserts cc* Mary Evans / AK Macdonald, *cr* Michael Dent; 9 Michael Dent,
bc Zefa / Roy Morsch; 10 Michael Dent; 15, 16, 17 Michael Dent; 20 *top inserts l, cr, r* Michael Dent, *cl* Gerry Cranham,
tl Zefa, *bl* Michael Dent, *tc* Zefa, *bc* Allsport / Simon Bruty, *tr* J. Allan Cash, *cr, br* Zefa; 21, 25 Michael Dent; 29
Gamma / McKiernan; 30, 31 Michael Dent; 38 *tl* Michael Dent, *cl* Gamma, *bl, tr, cr*, Kelvin Barratt; 39 Kelvin Barratt;
44 Michael Dent; 48 Zefa / Norman; 51 Allsport / Stephen Dunn; 55, 58, 59, 65 Michael Dent; 67 *t* Jo Bourne, *b*
Michael Dent; 69 *t* Trevor Hill, *b* Michael Dent; 72 *tl* Zefa / M. Schneider, *cl, cr* Trevor Hill, *r* NHPA / Karl Switak; 73
far lt; Bruce Coleman / Hans Reinhard, *far lb* Sally Anne Thompson / Animal Photography, *l* Trevor Hill, *r*
Hutchison Library, *far r* Trevor Hill, *cr* NHPA / Otto Rogge, *br* Trevor Hill; 74 NHPA / Daniel Heuclin; 81 *tl, bl, br*
Michael Dent, *tc* Jo Bourne, *tr* Hutchison Library; 82 Michael Dent; 84 *tl, bl* Mary Evans, *c* Hutchison Library, *tr, cr*
Trevor Hill; 86 Gamma / Figaro Magazine; 91, 92, 93, 98 Michael Dent.

Illustrations: James Allington, Sophie Allington, Gary Andrews, Annabelle Brend, Dawn Brend, Neil Bulpitt,
Terry Burton, Harry Clow, Nick Hall, Vicky Lowe, Alan Male, Martin Sanders.

AUTHORS' ACKNOWLEDGEMENTS
We are indebted to Michael Salter, who, sadly, died before publication; to Kate Beeching for her work in
setting up the course; to Christopher Wightwick and the other members of the writing team; to staff and
pupils at Saint John Rigby College, West Wickham, Our Lady's High School, Fulwood, Preston, and the Lycée
International de Saint-Germain-en-Laye; and to Catherine, Luke, Claire and Thomas Pease-Watkin, and
Christine, Daniel and Rachel Greenway.

Table des matières

Introduction to carnaval

» *Carnaval* is nearly all in French because the more you use the language, the more you will learn. If you come across words you don't understand, look them up in the vocabulary on pages 117–24.

» **Special features to look out for:**

Build up your knowledge of French by looking at the walls and learning the grammar. There is also a grammar summary on pages 113–16.

GUIDE PRATIQUE — 1

A practical guide to some of the French you might need on a visit to a French-speaking country (France, Belgium, Canada, Martinique, Switzerland, etc.).

Games, puzzles, recipes, prizes, competitions. Join the club and have fun while you learn.

Le Manoir aux Quatre Mystères

Solve the mystery in each episode and find the lost treasure. It's up to you to invent the details of this adventure story.

» **Look out for these symbols:**

P	activities with a partner
G	activities in a group
🎧	listening activities
1.1	worksheet activities

» **To get you started on the exercises and activities, here is the English for some of the instructions you will meet in some of the earlier units.**

À toi !	*Your turn.*	Fais une liste.	*Make a list.*
Ça s'écrit comment ?	*How do you spell it?*	Lis les cartes postales.	*Read the postcards.*
Choisis.	*Choose.*	Mémorise.	*Learn by heart.*
Combien de... ?	*How many...?*	Parle avec ton/ta partenaire.	*Speak with your partner.*
Complète les phrases.	*Complete the sentences.*	Regarde et mémorise.	*Look and learn by heart.*
Copie et complète.	*Copy and complete.*	Regarde la photo.	*Look at the photo.*
Copie les mots.	*Copy the words.*	Remplace les mots par les chiffres.	*Replace the words with figures.*
Devine.	*Guess.*	Travaille avec 2 partenaires.	*Work with 2 partners.*
Écoute et chante.	*Listen and sing.*	Trouve la bonne lettre.	*Find the right letter.*
Écoute et mémorise.	*Listen and memorise.*	Trouve la lettre correcte.	*Find the right letter.*
Écris à Monsieur Diabolo.	*Write to Monsieur Diabolo.*	Trouve les 7 différences.	*Find the 7 differences.*
Écris chaque chiffre en lettres.	*Write each number as a word.*	Vous choisissez des phrases.	*You choose some sentences.*
Fais un dictionnaire illustré.	*Make a picture dictionary.*	Vous inventez un dialogue.	*You invent a conversation.*

Passe-moi la limonade, s'il te plaît !

1. Copie les mots.

1. l'eau minérale
2. le chocolat
3. le coca
4. le diabolo fraise
5. le ketchup
6. le lait
7. le miel
8. le pain
9. les biscuits
10. les chips
11. la confiture
12. la limonade

2. Maintenant, regarde la photo et trouve la lettre correcte.

Exemple
1. l'eau minérale = **a**

3. Parle avec ton/ta partenaire.
A : Tu poses la question.
B : Tu réponds.

1. **A** ♡ ?   4. **A** ♡  ?

   B ♡ .   **B** ♡ .

2. **A** ♡ ?   5. **A** ♡  ?

   B ♡ .   **B** ♡ .

3. **A** ♡  ?   6. **A** ♡ ?

   B ♡  .   **B** ♡  .

4. Écris chaque chiffre en lettres.

1. « Pour la table 7, 2 cocas, 4 limonades et 1 diabolo fraise. »

2. « Pour la table 5, 3 limonades, 2 diabolos fraise et 4 cocas. »

3. « Pour la table 11, 1 coca, 2 limonades, 3 diabolos fraise. »

Exemple 1. 7 = sept, 2 = deux

Le mur n° 1 *Regarde et mémorise.* 2.4

 **LE** le ketchup

 **LES** les chips

 **L'**

LA la limonade

L' l'eau minérale

le chiffre	le mot		le chiffre	le mot	
1	un		9	neuf	
2	deux		10	dix	
3	trois		11	onze	
4	quatre		12	douze	
5	cinq				
6	six				
7	sept				
8	huit				

5. Combien de  ?

Écris le mot et le chiffre.

6. Écoute et chante et mémorise. S1

« La chanson de l'alphabet »

2.4

3

J'aime ça

16	3	2	13	→ 34
5	10	11	8	→ 34
9	6	7	12	→ 34
4	15	14	1	→ 34

↓ 34 ↓ 34 ↓ 34 ↓ 34 ↓ 34 ↘ 34

J'aime les carrés magiques.

J'aime William.

J'aime...

J'aime la musique.

J'❤ le week-end

J'aime le chocolat.

J'aime le Paris-Saint-Germain.

J'aime les fables d'Ésope.

Et toi ?

---

1. Et toi ? Tu aimes... ?
   Fais une liste.

Exemple   J'aime le coca.
       J'aime la confiture.
       J'aime l'eau minérale.
       J'aime les chips.

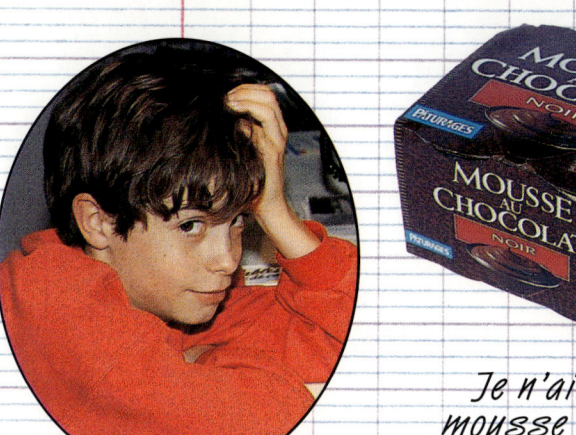

*Je n'aime pas
le ketchup.*

*Je n'aime pas la
mousse au chocolat.*

Je n'aime pas...

*Je n'aime pas les
spaghettis.*

*Je n'aime pas
les zoos.*

*Je n'aime pas
les contrôles.*

*Je n'aime
pas Noël.*

Et toi ?

Je n'aime pas William.

23	LA VEILLE DE NOËL
24	
25	LE JOUR DE NOËL ★★
26	
27	1869 Invention du chewing gum
28	
29	
30	
31	LA SAINT SYLVESTRE

Le mur n° 2 *Regarde et mémorise.*

3.2

*Aim**es**-tu*

*Aim**es**-tu*

*Aim**es**-tu*

la limonade ?

l'eau minérale ?

le ketchup ?

*Tu aim**es**
les chips ?*

*Aim**es**-tu*

*Non,
je n'aim**e** pas
les chips.*

**2. Et toi ? Tu n'aimes pas... ?
   Fais une liste.**

Exemple
Je n'aime pas le coca.
Je n'aime pas la confiture.
Je n'aime pas l'eau minérale.
Je n'aime pas les chips.

les chips ?

De A à Z : REGARDE

A *comme* Ariane

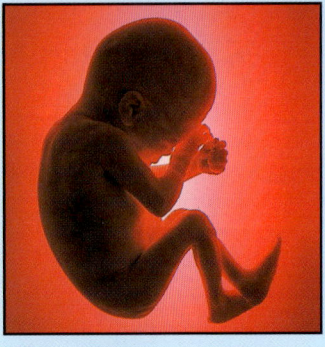

B *comme* bébé

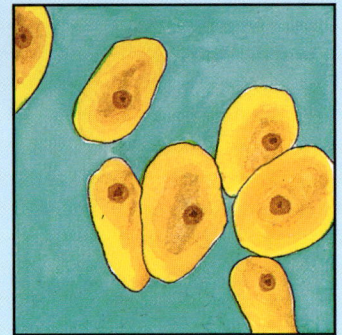

C *comme* cellule

D *comme* la Défense

E *comme* Europe

F *comme* eFFervescent

G *comme* géant

H *comme* hache

I *comme* igloo

J *comme* jiu-jitsu

K *comme* karting

L *comme* ELvis

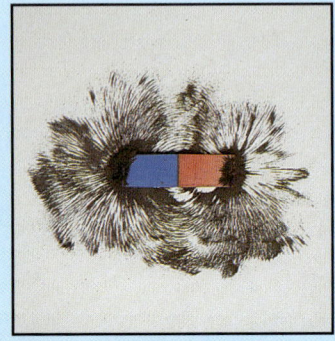

M *comme* aiMant

N *comme* eNNemi

O *comme* océan

P *comme* pédalo

Q *comme* Q

R *comme* AiRbus

S *comme* eScalade

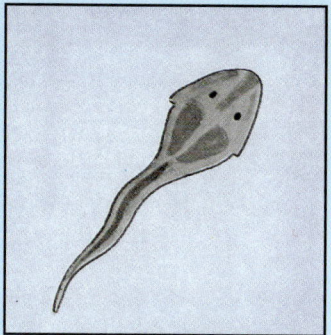

T *comme* têtard

U *comme* uniforme

V *comme* vélo

W *comme* WC

X *comme* chromosome X

3. De A à Z. Écoute. C'est un alphabet différent. Trouve les 7 différences.

Exemple
A ✔ B ✔ C ✔ D ✘ E ✔ ...

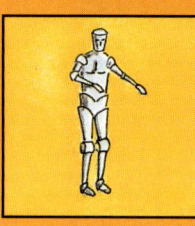

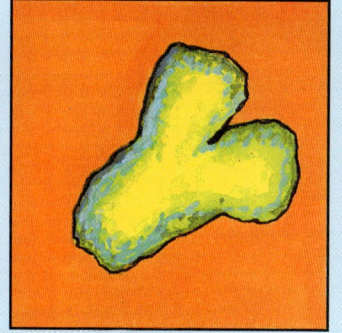

Y *comme* chromosome Y

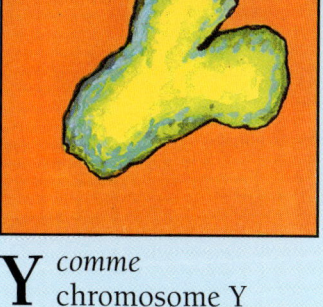

Z *comme* Z

4. Jeu téléphonique. Écoute. Ça s'écrit comment ?

3.2

S5

Qui gagne le tee-shirt ?

5. Fais un dictionnaire illustré.

4

On fait la fête

On est quel jour ?

lundi	vendredi
mardi	samedi
mercredi	dimanche
jeudi	

On est quel mois ?

janvier	juillet
février	août
mars	septembre
avril	octobre
mai	novembre
juin	décembre

1. On est le combien ?

Exemple
1. 12/3 = On est le douze mars.

1. 12/3
2. 20/8
3. 31/12
4. 1/6
5. 15/1
6. 11/9
7. 10/7
8. 2/11
9. 23/2
10. 18/4
11. 27/5
12. 30/10

Attention!

1er

juin

On est **le premier** juin.

2. Aujourd'hui.

1. On est quel jour ?
2. On est le combien ?

3. Ton anniversaire, c'est quand ?

Exemple
Mon anniversaire, c'est le 10 juillet.

On est le combien ?

le chiffre	le mot	le chiffre	le mot	le chiffre	le mot
1	le premier	12	douze	23	vingt-trois
2	deux	13	treize	24	vingt-quatre
3	trois	14	quatorze	25	vingt-cinq
4	quatre	15	quinze	26	vingt-six
5	cinq	16	seize	27	vingt-sept
6	six	17	dix-sept	28	vingt-huit
7	sept	18	dix-huit	29	vingt-neuf
8	huit	19	dix-neuf	30	trente
9	neuf	20	vingt	31	trente et un
10	dix	21	vingt et un		
11	onze	22	vingt-deux		

4. L'invitation, c'est pour qui? Devine.

Exemple ❶ C'est pour Ben, peut-être.

5. Maintenant, écoute. Trouve la bonne invitation pour chaque personne.

Exemple
❶ C'est pour Ben? Ah non, c'est pour William.

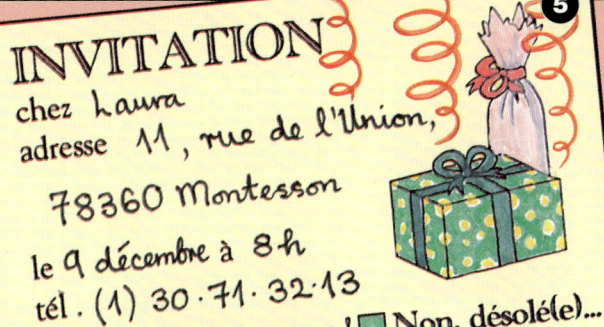

INVITATION ❺
chez Laura
adresse 11, rue de l'Union,
78360 Montesson
le 9 décembre à 8h
tél. (1) 30.71.32.13
Réponse ☐ Oui, super! ☐ Non. désolé(e)...

INVITATION ❸
chez Ben
le 17 juillet
à midi

❻ On fait la fête,
samedi 15 juin!
Tu viens?
Paul

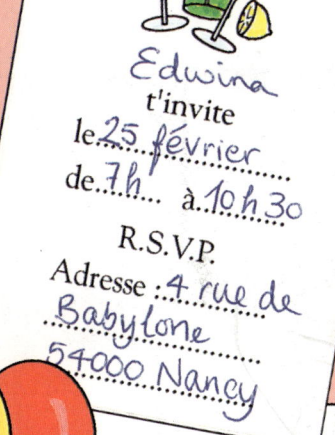

❹ Edwina
t'invite
le 25 février
de 7h à 10h30
R.S.V.P.
Adresse: 4 rue de
Babylone
54000 Nancy

❶ Dorothée t'invite
vendredi 31 décembre
de 8h à....

RSUP
Tel: 30.53.12.76

❷ Mara
vous invite Samedi
le 3 octobre à Midi
Adresse: 32 rue Gassendi
75047 Paris
Téléphone: 40.38.92.08
Répondez s'il vous plaît.
Merci.

WILLIAM

LAURA

JULIE

BEN

PIRI

MARA

**6. C'est ton anniversaire.
Écris une invitation.**

7. Mémorise.

Allô.

Salut Jamila. C'est Marc. Ça va?

Oui, ça va.

Écoute, on fait la fête.

Ah oui. Quand?

Samedi 3 octobre. Tu veux venir?

Oui, je veux bien. Merci.

Génial! Au revoir.

Au revoir.

8. Parle avec ton/ta partenaire. P

Vous choisissez des phrases et vous inventez un dialogue.

- Allô.
- Salut.
- Bonjour.
- C'est…

- Allô.
- Salut.
- Bonjour.

- Écoute, on fait la fête.
- On fait la fête.

- Ah oui. Quand?
- Quand?

- le 13 octobre
- le 2 novembre
- samedi 4 mai
- Tu veux venir?
- Tu viens?

- Oui, je veux bien.
- Non, je ne peux pas.
- Non merci. Je n'aime pas les fêtes.

- Génial!
- Super!
- OK.
- Dommage.

- Au revoir.
- Salut.

- Au revoir.
- Salut.

Partenaire A

Partenaire B

9. Copie les carrés magiques, mais remplace les mots par les chiffres.

quatre	neuf	cinq	seize
quinze	six	dix	trois
quatorze	sept	onze	deux
un	douze	huit	treize

Le chiffre magique, c'est ?

			= quinze
six	sept	deux	= quinze
un	cinq	neuf	= quinze
huit	trois	quatre	= quinze
= quinze	= quinze	= quinze	= quinze

10. Le géant parle... Choisis. `4.2`

Bon appétit !

On fait la fête ! Tu veux venir ?

Passe-moi les chips, s'il te plaît !

Asseyez-vous !

Viens ici !

Venez ici !

Parlez-moi !

Bonjour !

Moi, timide ?

11. Abonne-toi. Copie et complète le bulletin.

4.3

Bulletin d'adhésion

NOM ....

PRÉNOM(S) .... ÂGE ....

DOMICILE.. SEXE (m/f) ☐

Je voudrais m'abonner au Diabolo Club.

Signé(e) par .... Date ....

5

Cher Diabolo Club !
Je m'appelle...

Fabrique un mobile

MATÉRIEL

Il faut :
- 4 boîtes de céréales en carton
- 3 feuilles de papier A4
- 7 fils de laine
- de la colle
- du scotch
- des ciseaux

G

INSTRUCTIONS

1. Découpe 7  en carton.

2. Découpe 14 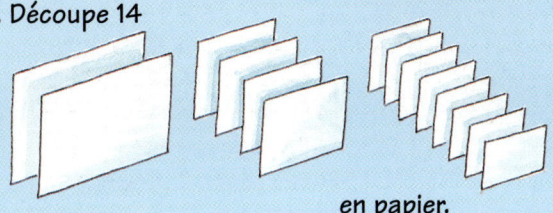 en papier.

3. Colle.

4. Choisis et écris.

| Ça s'écrit comment ? |
| Je ne comprends pas. |
| Comment dit-on **** en français ? |

| Je peux aller aux toilettes ? |
| Merci, mademoiselle. |
| Vous pouvez parler plus lentement, s'il vous plaît ? |
| Bonjour, monsieur. |

| Vous pouvez répéter, s'il vous plaît ? |
| Non. | Oui. |
| Que veut dire **** ? |
| Excusez-moi, madame. |

5. Colorie.

6. Attache avec du scotch.

7. Suspends le mobile.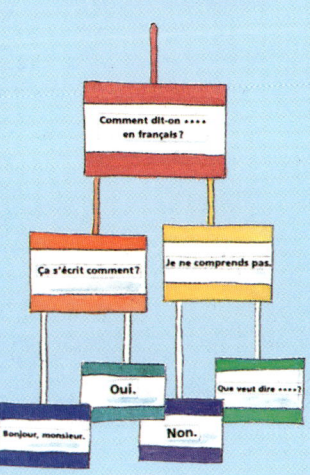

Le mur n° 3 *Regarde et mémorise.*

6.3

Je peux !

Vous pouvez ?

Tu peux ?

Je veux !

Tu veux ?

Vous voulez ?

1. Copie et complète les phrases.

Laura

1. Je m'appelle ✎
2. J'ai ✎ ans.
3. J'habite à ✎
4. J'aime ✎
5. Je n'aime pas ✎

Ben

1. Je m'appelle ✎
2. J'ai ✎ ans.
3. J'habite à ✎
4. J'aime ✎
5. Je n'aime pas ✎

Julie

1. Je m'appelle ✎
2. J'ai ✎ ans.
3. J'habite à ✎
4. J'aime ✎
5. Je n'aime pas ✎

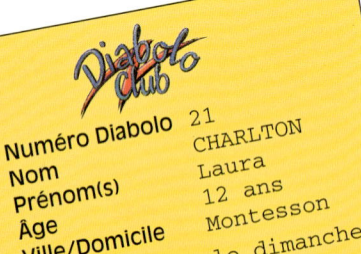

CARTE DE MEMBRE

Numéro Diabolo 21
Nom CHARLTON
Prénom(s) Laura
Âge 12 ans
Ville/Domicile Montesson
♡ le dimanche
     le jeudi
✗

CARTE DE MEMBRE

Numéro Diabolo 22
Nom CHEVILLARD
Prénom(s) Ben
Âge 12 ans
Ville/Domicile Nancy
♡ les croissants
✗ les clowns

CARTE DE MEMBRE

Numéro Diabolo 35
Nom CHEVILLARD
Prénom(s) Julie
Âge 11 ans
Ville/Domicile Nancy
♡ le mercredi
✗ les chips

2. Lis les cartes postales.

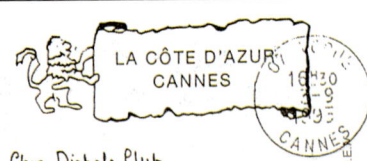

LA CÔTE D'AZUR
CANNES

Cher Diabolo Club

Salut!
Je m'appelle Didier Fink. Je
voudrais m'abonner au Diabolo
Club. J'ai 13 ans. J'habite à
Cannes. J'aime les serpents. Je
n'aime pas les rats.

Amitiés,

Didier Fink

M. Diabolo
Diabolo Club
B.P. 38
67 000 Strasbourg

MARSEILLE
10141
photo j. m. truchet (fotogram)

Cher Monsieur Diabolo!

Salut!
Je m'appelle Thérèse. J'ai 11 ans.
Je voudrais m'abonner au
Diabolo Club. J'habite à
Marseille. J'aime le sport. Je
n'aime pas le cinéma!

Amitiés,

Thérèse Cabot

M. Diabolo
Diabolo Club
B.P. 38
67000 Strasbourg

3. À toi! Écris à Monsieur Diabolo.

Cher Monsieur Diabolo!

Salut!
Je voudrais m'abonner au Diabolo
Club. Je m'appelle * * * * *
* * * * *. J'ai * * * ans.
J'habite à * * * * * * * *.
J'aime * * * * * * *. Je n'aime
pas * * * * * * * *.

Amitiés,

* * * * * * * * * *

5.4

CLASSE : 6ème III

Élèves : 28
Garçons : 15
Filles : 13
Âge : 11 et 12 ans
Salle de classe : G18
Mascotte :

N'oublie pas tes affaires !

LYCEE INTERNATIONAL

Tél. : (1) 39 10 94 11

Attention !

Vous pouvez répéter, s'il vous plaît ?
Pouvez-vous répéter, s'il vous plaît ?

Vous voulez répéter, s'il vous plaît ?
Voulez-vous répéter, s'il vous plaît ?

Le mur n° 4 *Regarde et mémorise.*

6.3

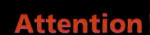

1. Travaille avec 2
   partenaires.
   Pose des questions.

G

*Un point pour la première
réponse correcte !*

Exemples

– Comment dit-on « twenty-
eight » en français ?
– « Vingt-huit. »

– Que veut dire « élèves » ?
– « Pupils. »

TU   VOUS

un compas

une règle

OBJETS TROUVÉS
ICI
le mardi et le jeudi
de 11 h 30 à 14 h

un crayon

une calculatrice

un classeur

un effaceur

un livre

2. A : Tu caches un objet.
B : Tu devines. ☐ P

Exemple C'est une calculatrice ? NON !
Ce sont des feutres ? OUI !

3. Copie les listes. Écoute. Le sac
de Julie, c'est le sac A ou le sac B ? 🎧 S1

Sac A	Sac B
2 cahiers	2 cahiers
une carte de bus	des lunettes
un short de gym	un classeur
une calculatrice	une calculatrice
2 livres	2 livres
une clé	une clé

4. Qu'est-ce qu'il y a dans la trousse
de Ben ? Écoute et complète la liste. 🎧 S2

une calculatrice	une règle
2 pièces de 10 francs	des feutres
une gomme	?
des ciseaux	?

5. Qu'est-ce qu'il y a dans les
sacs ? C'est à toi de choisir.

Exemple
Dans le sac 🇬🇧 il y a un agenda, une carte
de membre du Diabolo Club, une carte de
bus, un short de gym, une calculatrice,
2 cahiers, 2 livres et 2 clés.

1. Dans le sac 🇫🇷 il y a *****
2. Dans le sac 🇪🇸 il y a *****
3. Dans le sac 🇸🇪 il y a *****
4. Dans le sac 🇨🇭 il y a *****
5. Dans le sac 🇮🇹 il y a *****

Qu'est-ce qu'il y a dans **ton** sac ?

Le mur n° 5 *Regarde et mémorise.*

Qu'est-ce que c'est ? 📄 6.4

Tu aimes **le** chocolat ?
Tu aimes **la** musique ?
Tu aimes **l'**argent ?
Tu aimes **les** vélos ?

C'est **un** compas.
C'est **une** règle.
Ce sont **des** cahiers.

un walkman

une montre

une gomme

une trousse

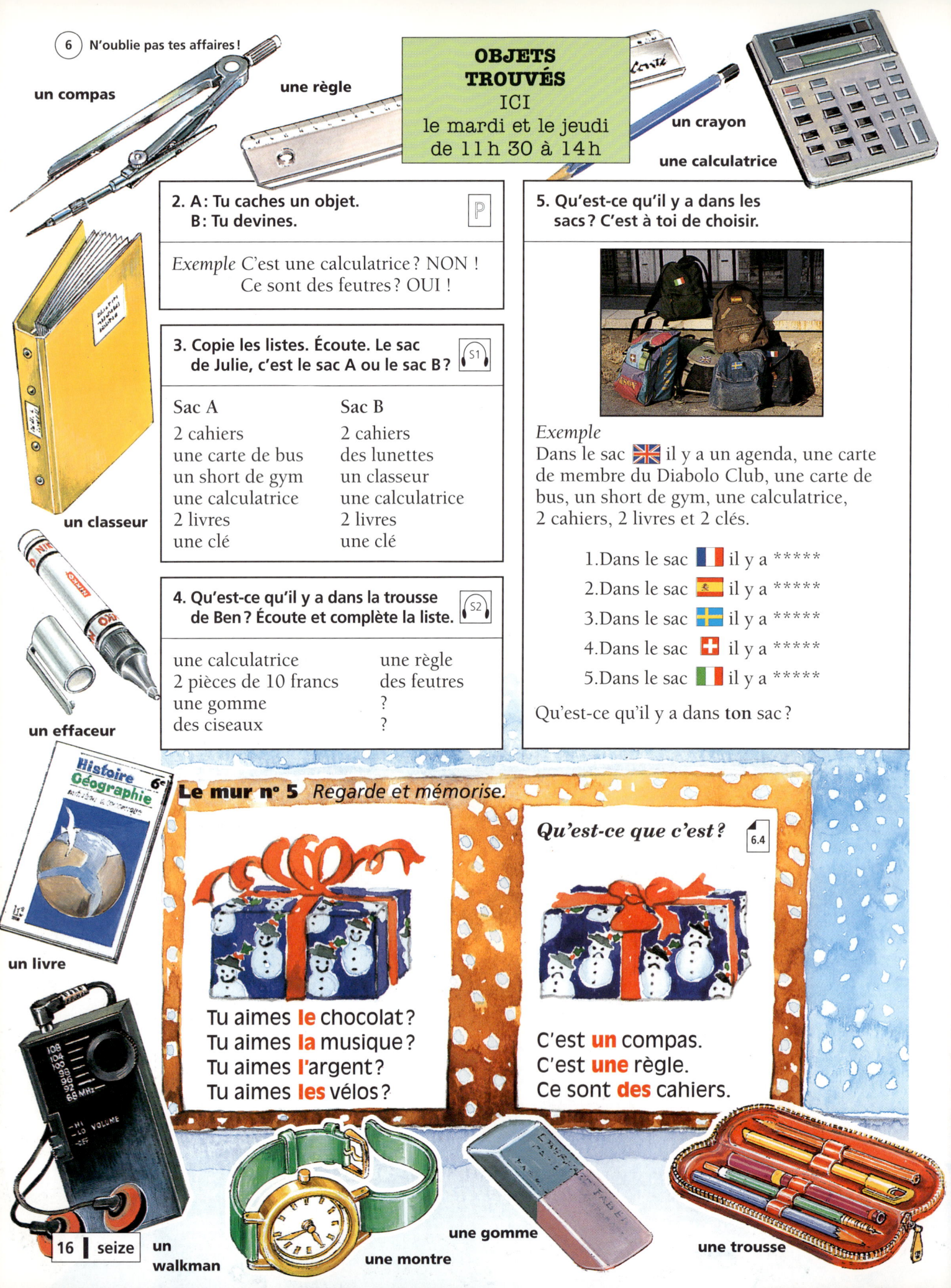

de l'argent

un cahier

un taille-crayon

des ciseaux

---

6. Lis l'exemple et trouve le bon mot pour chaque image.

Exemple
– Qu'est-ce qu'il y a dans **le** sac ? Il y a **des** biscuits ?
– Non, je n'aime pas **les** biscuits. Il y a **des** classeurs et **un** agenda.
– Et il y a **des** livres ?
– Non. Il y a **un** walkman, **de** l'argent, **un** élastique, **une** trousse et **un** ticket.

– Qu'est-ce qu'il y a dans 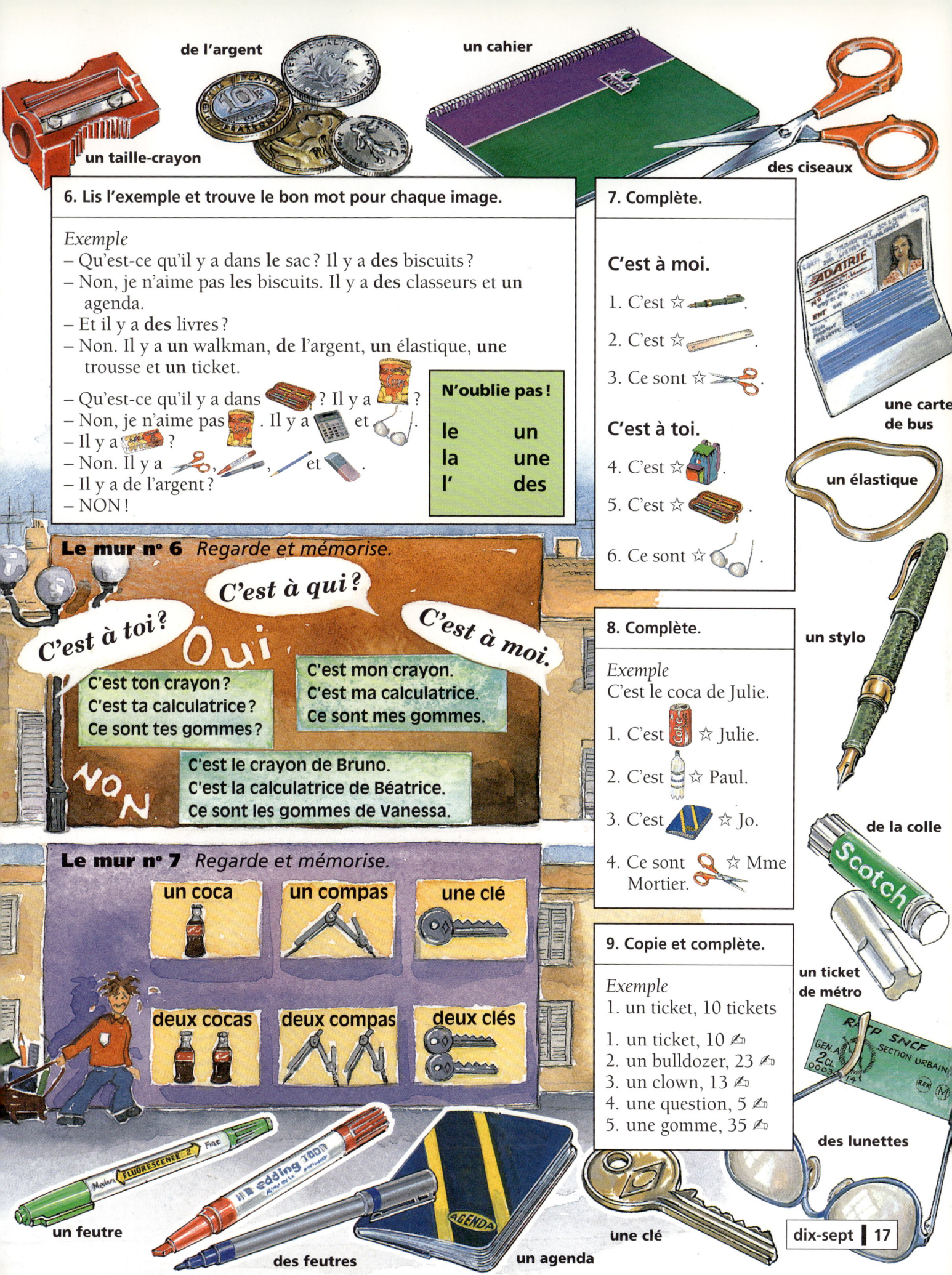 ? Il y a 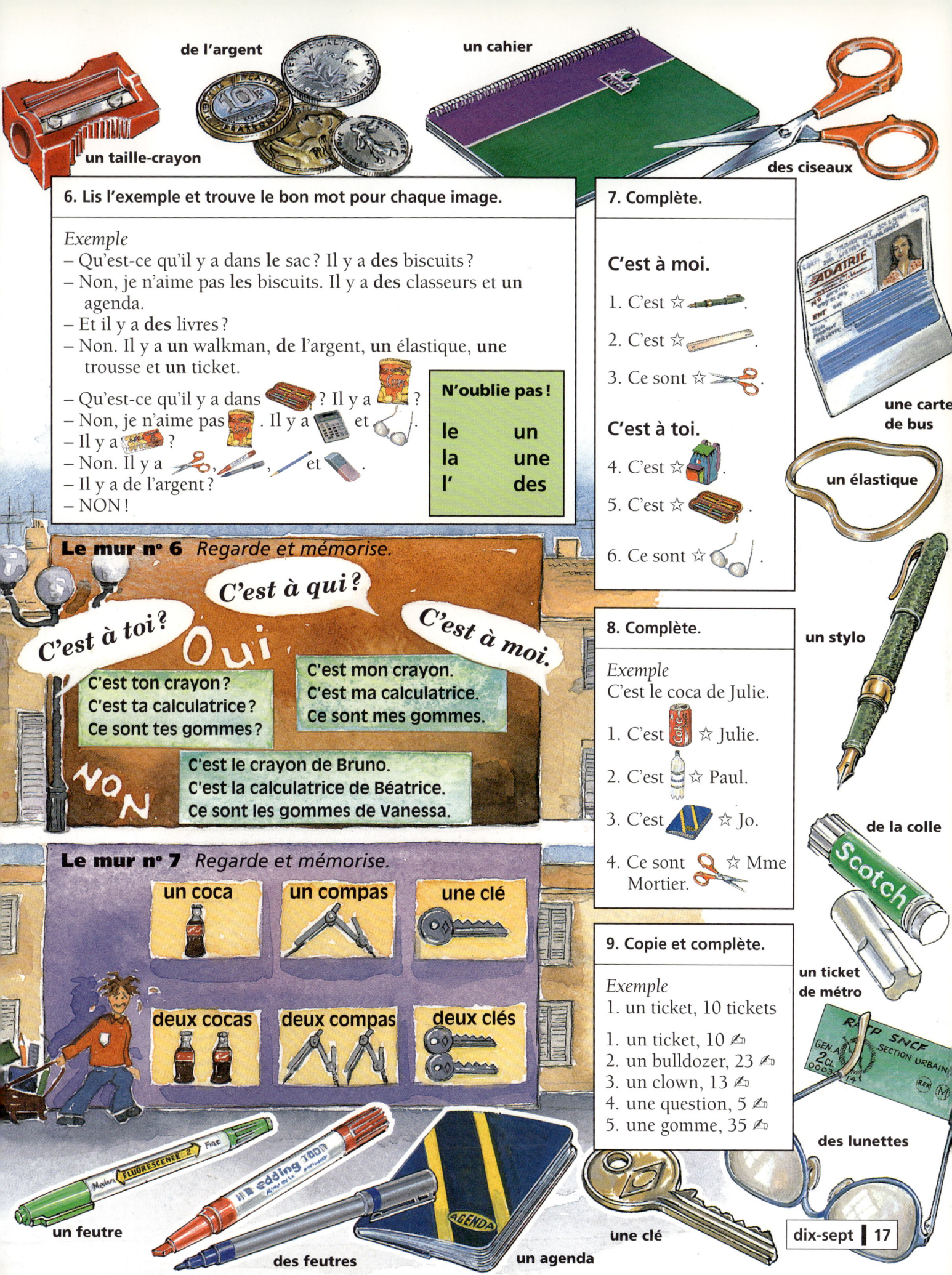 ?
– Non, je n'aime pas 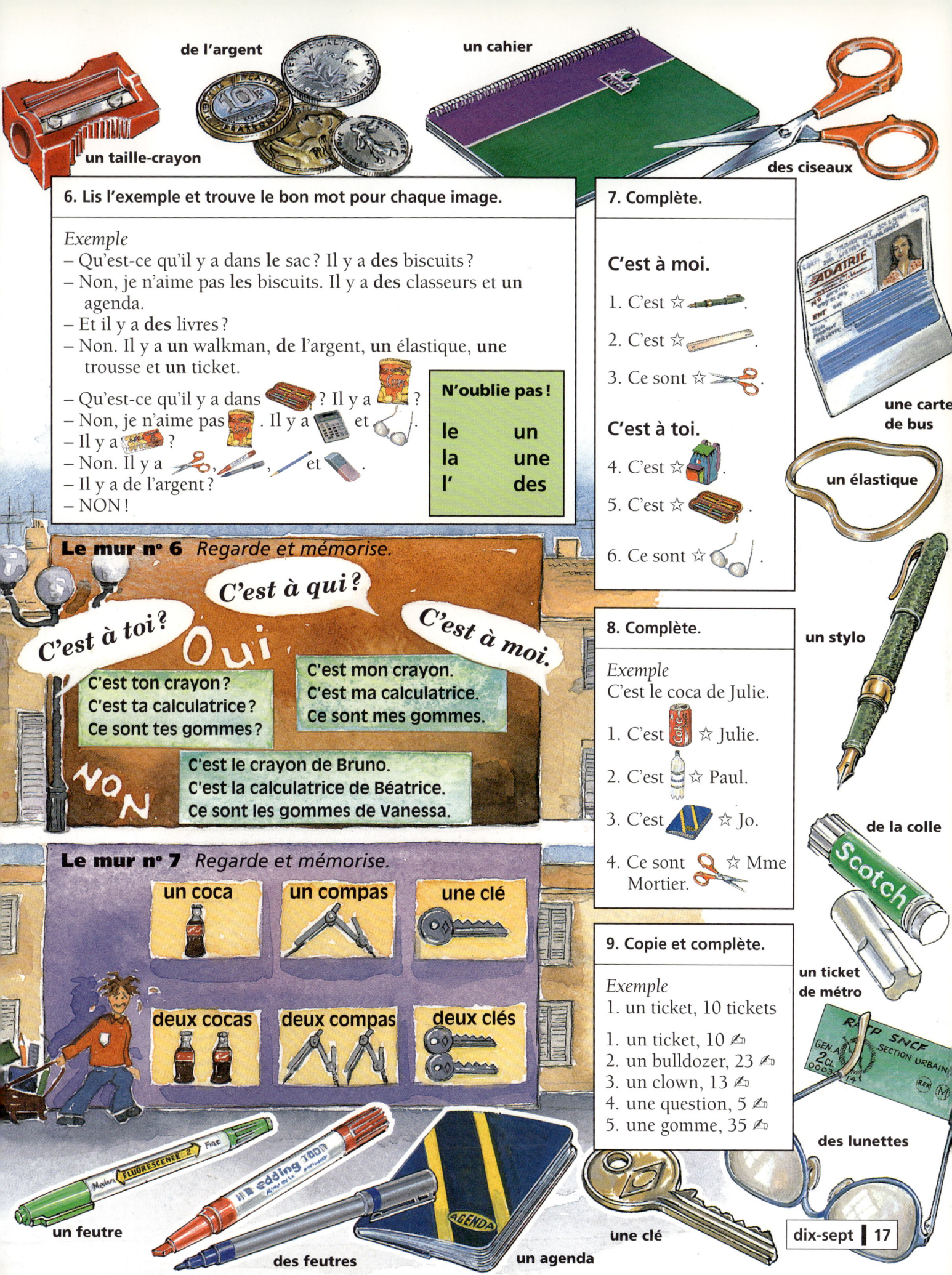. Il y a 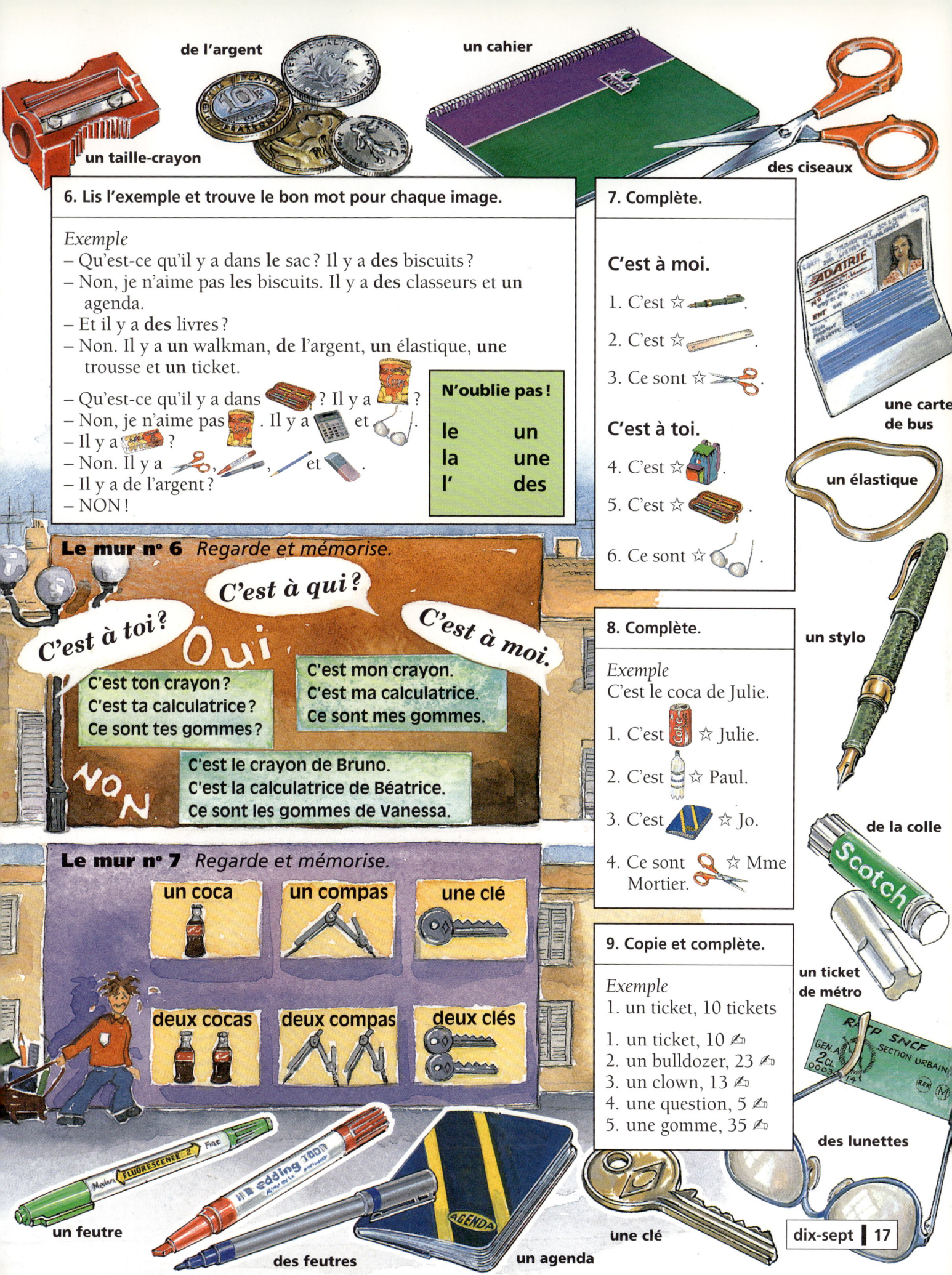 et 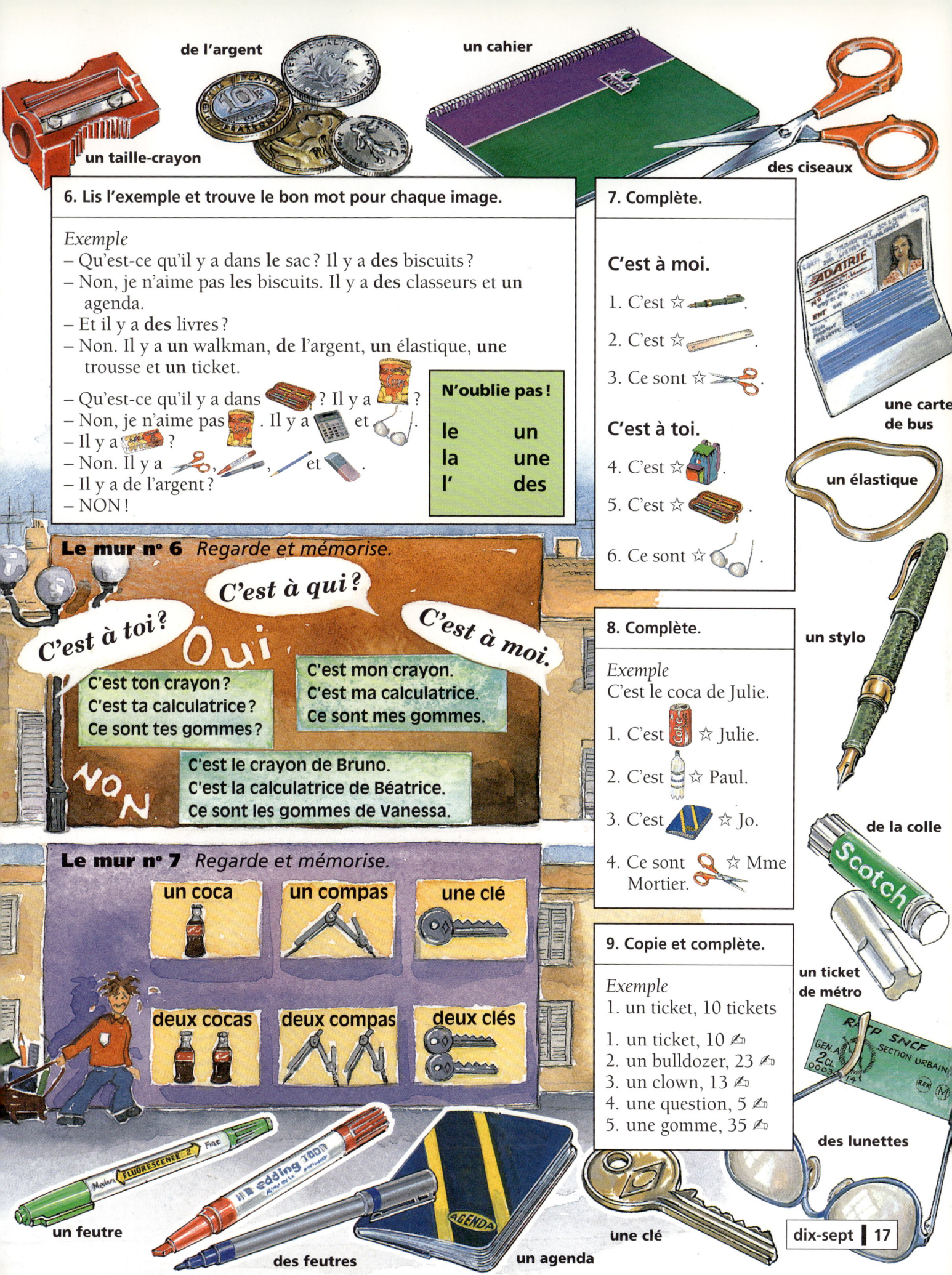.
– Il y a 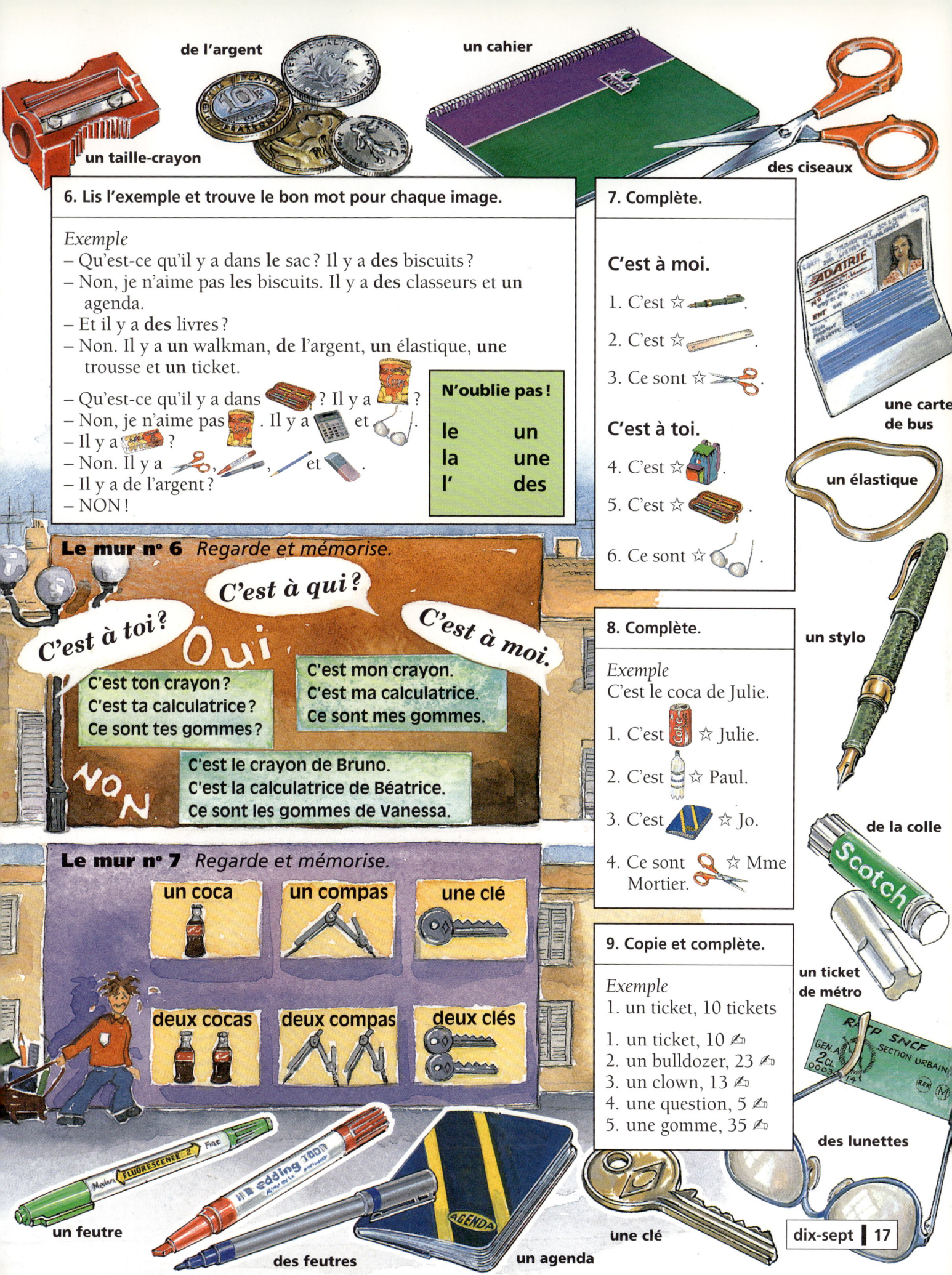 ?
– Non. Il y a 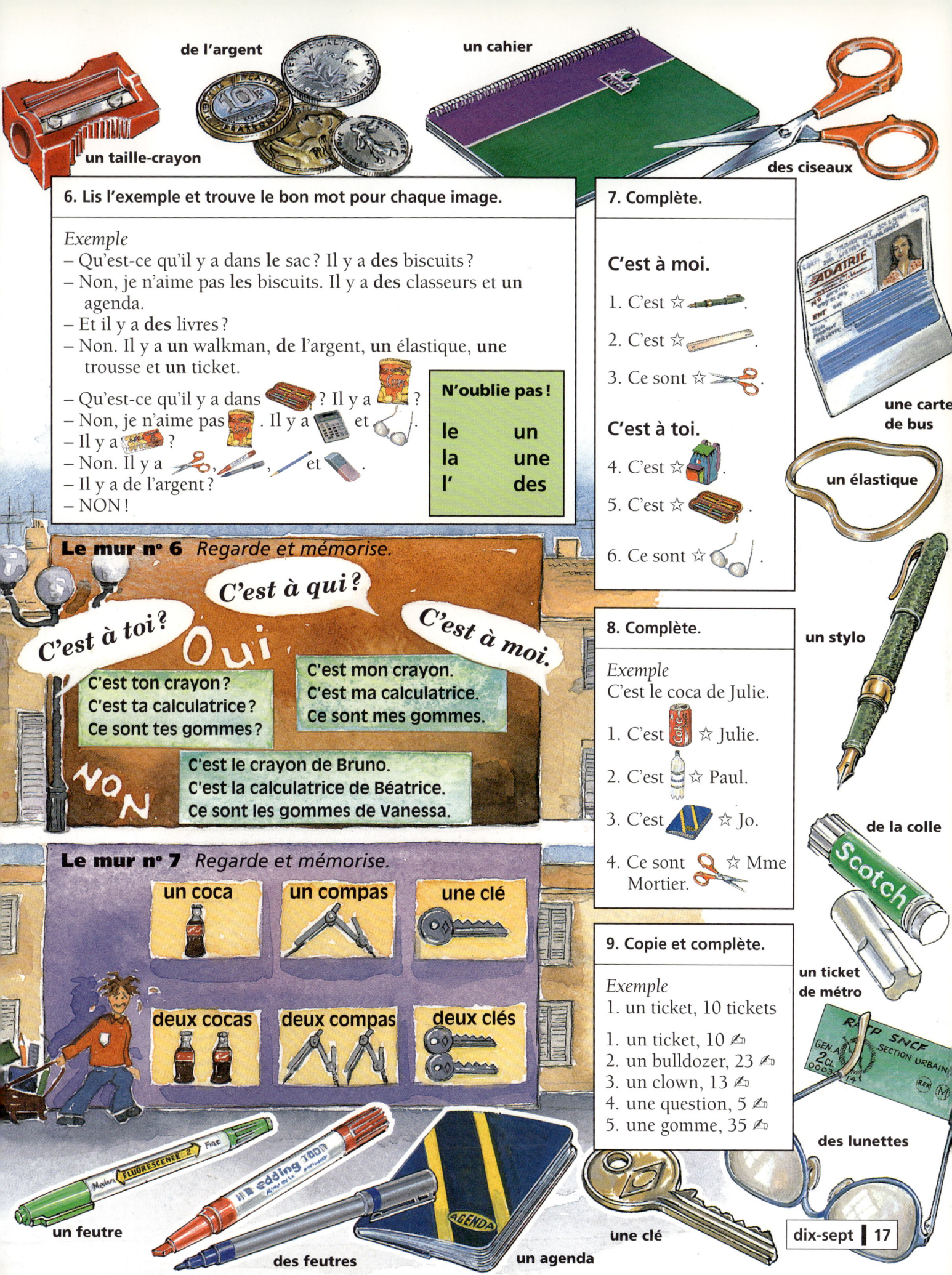, 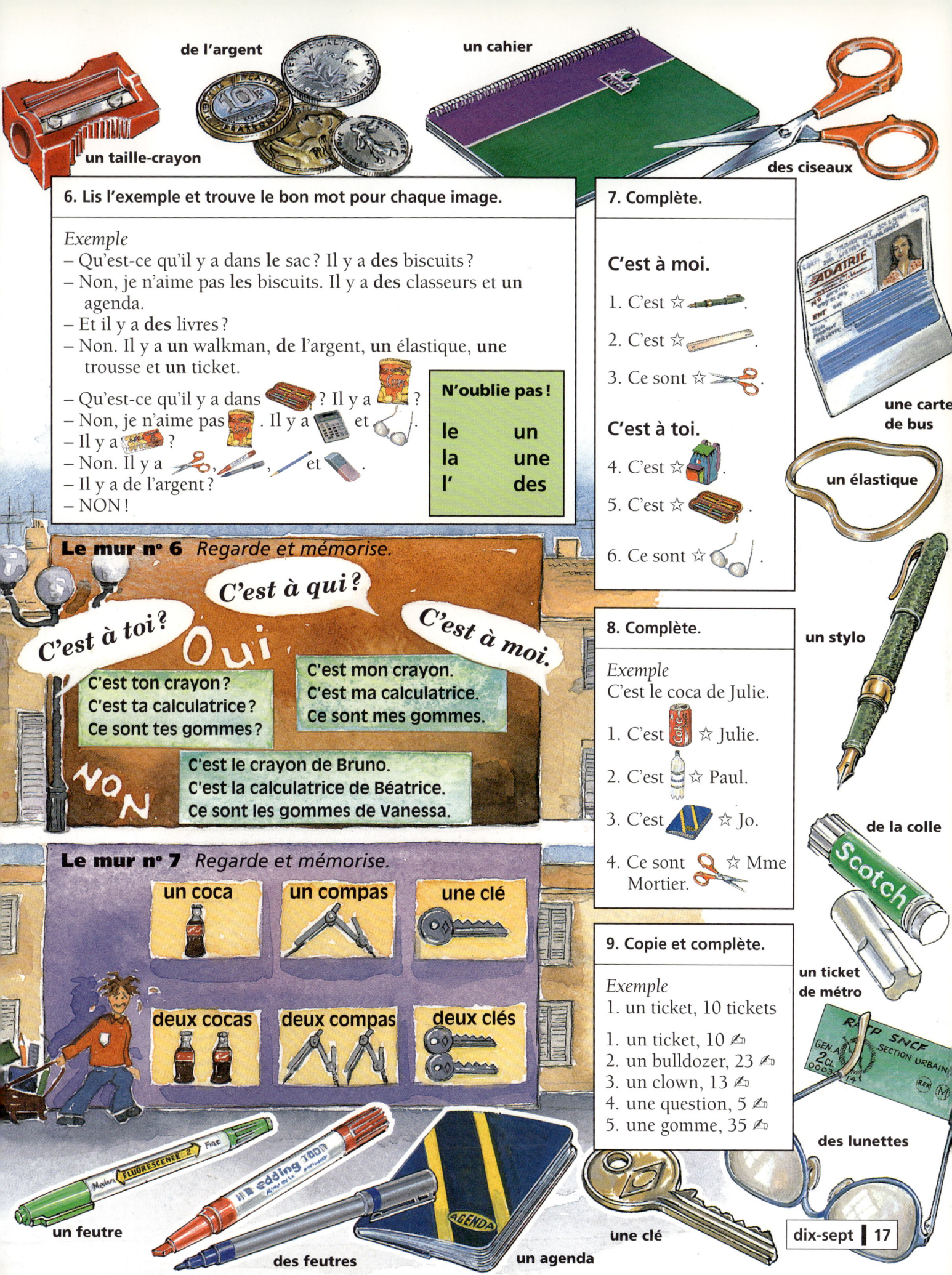, et 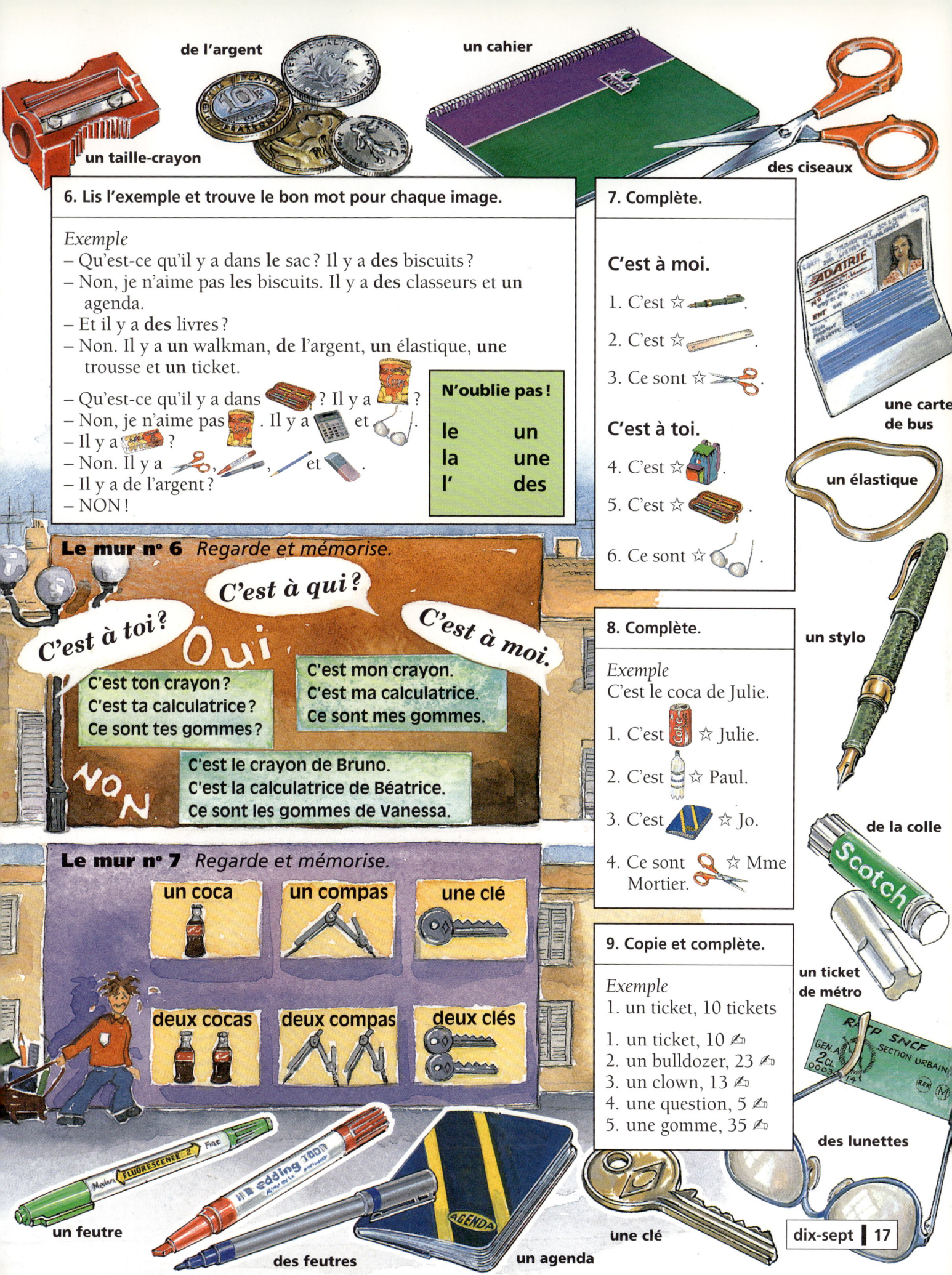.
– Il y a de l'argent ?
– NON !

N'oublie pas !

le	un
la	une
l'	des

---

7. Complète.

C'est à moi.

1. C'est ☆ _____ .
2. C'est ☆ _____ .
3. Ce sont ☆ _____ .

C'est à toi.

4. C'est ☆ _____ .
5. C'est ☆ _____ .
6. Ce sont ☆ _____ .

une carte de bus

un élastique

un stylo

Le mur n° 6 *Regarde et mémorise.*

C'est à qui ?

C'est à toi ?

Oui

C'est à moi.

C'est ton crayon ?
C'est ta calculatrice ?
Ce sont tes gommes ?

C'est mon crayon.
C'est ma calculatrice.
Ce sont mes gommes.

NON

C'est le crayon de Bruno.
C'est la calculatrice de Béatrice.
Ce sont les gommes de Vanessa.

---

8. Complète.

Exemple
C'est le coca de Julie.

1. C'est 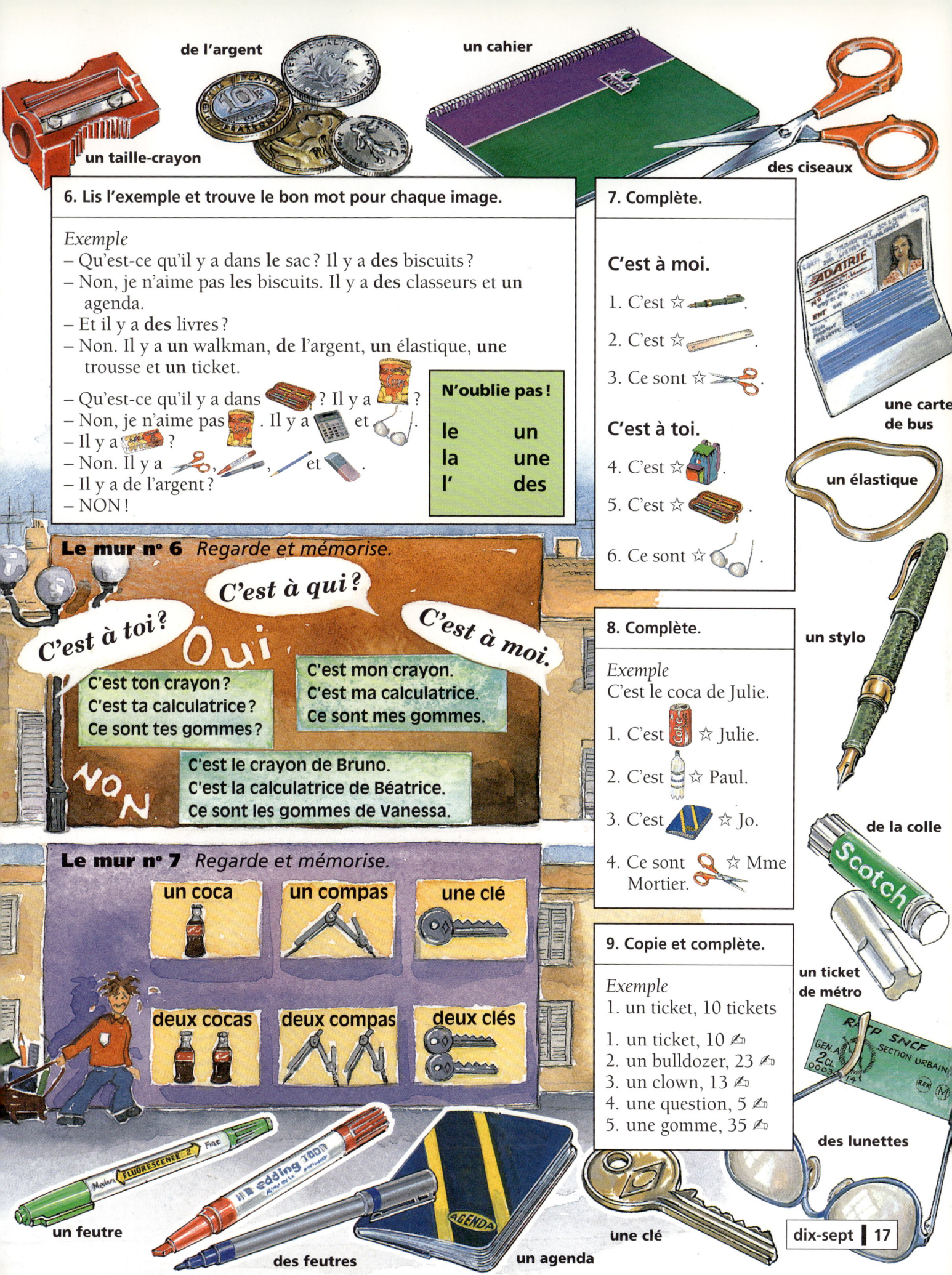 ☆ Julie.
2. C'est 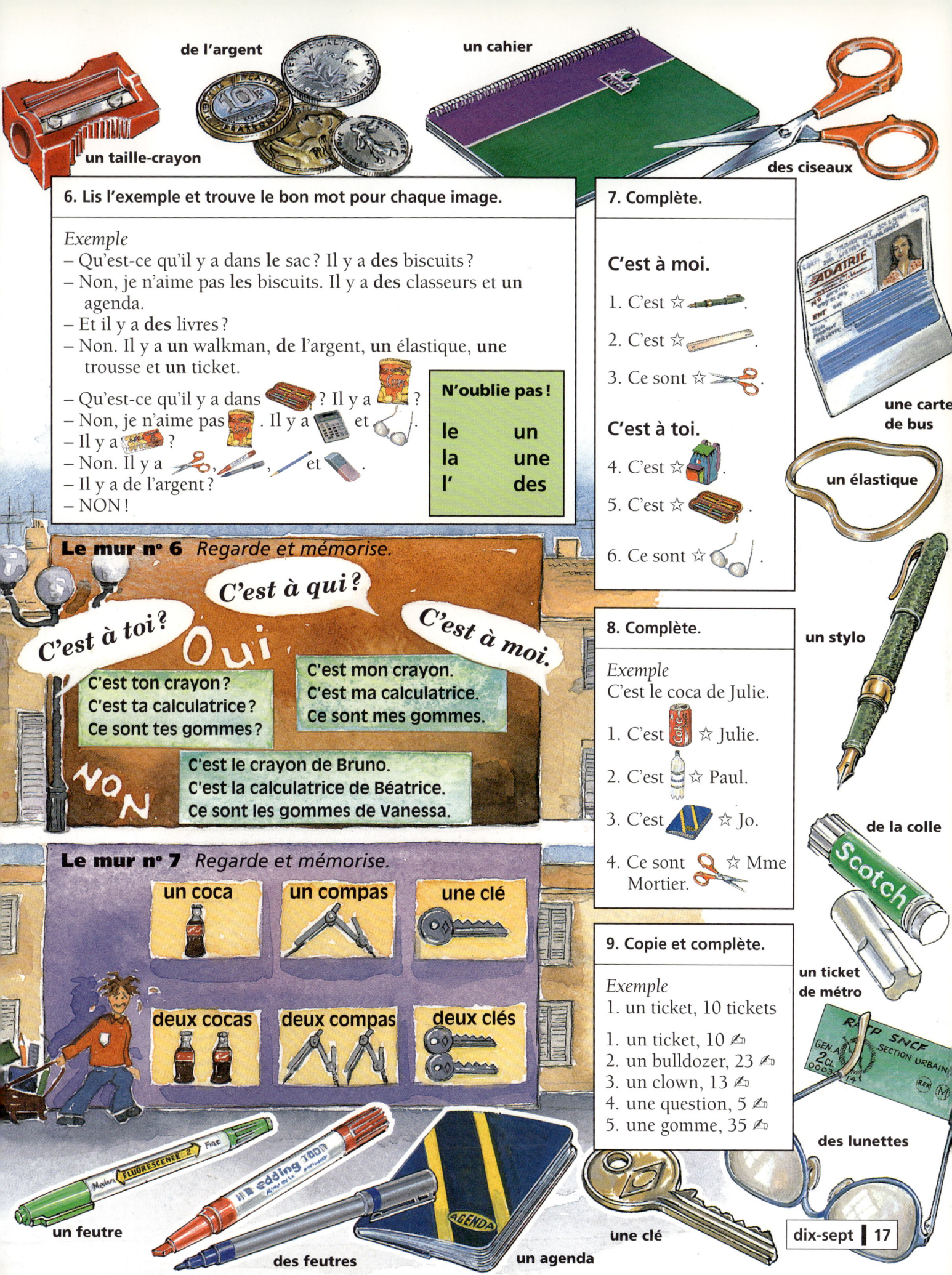 ☆ Paul.
3. C'est 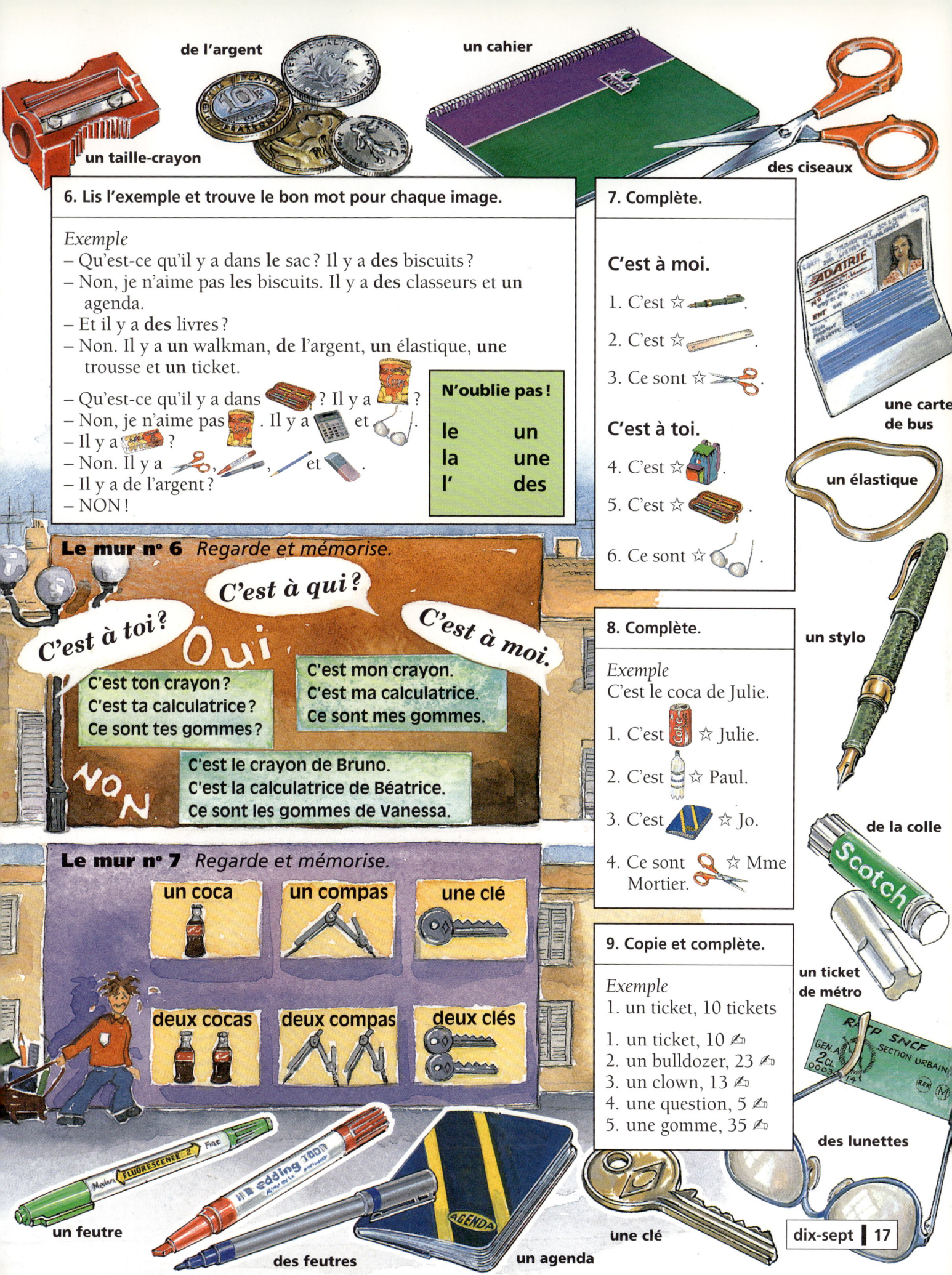 ☆ Jo.
4. Ce sont 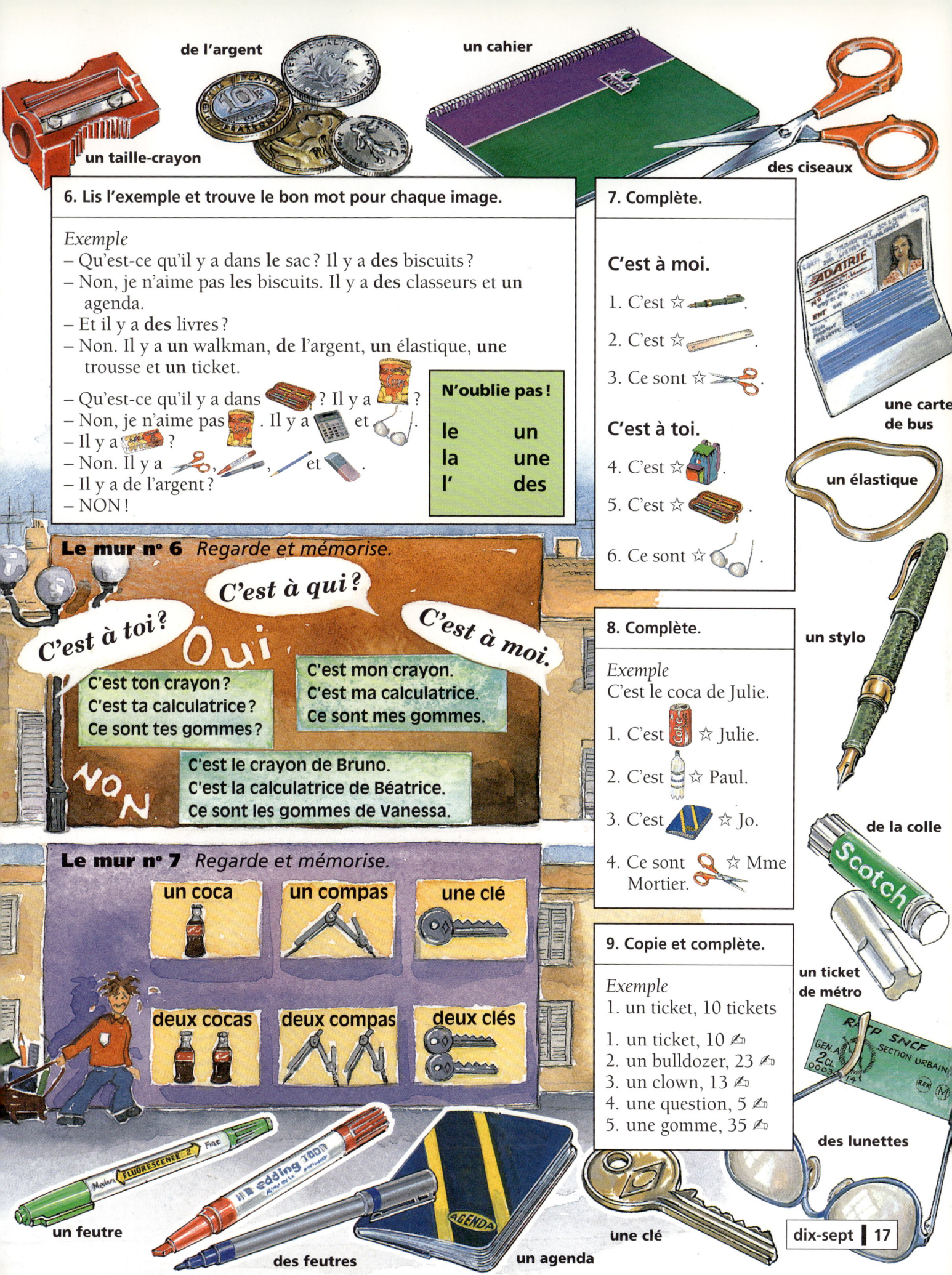 ☆ Mme Mortier.

de la colle

un ticket de métro

Le mur n° 7 *Regarde et mémorise.*

un coca   **un compas**   **une clé**

deux cocas   **deux compas**   **deux clés**

---

9. Copie et complète.

Exemple
1. un ticket, 10 tickets

1. un ticket, 10 ✍
2. un bulldozer, 23 ✍
3. un clown, 13 ✍
4. une question, 5 ✍
5. une gomme, 35 ✍

des lunettes

un feutre

des feutres

un agenda

une clé

L'EUROPE

LE DANEMARK
Copenhague

L'IRLANDE
Dublin

LES PAYS-BAS
Amsterdam

L'ALLEMAGNE
Berlin

LE ROYAUME-UNI
Londres

LA BELGIQUE
Bruxelles

LA FRANCE
Paris

L'AUTRICHE
Vienne

LA SUISSE
Berne

LE PORTUGAL
Lisbonne

L'ESPAGNE
Madrid

L'ITALIE
Rome

A	B	C	D	E	F	G	H	I

LES LANGUES PRINCIPALES

le français	l'anglais	l'espagnol	le portugais	l'italien	le grec	le turc	l'allemand	le polonais
	le gallois	le catalan						
	le gaélique	le basque						

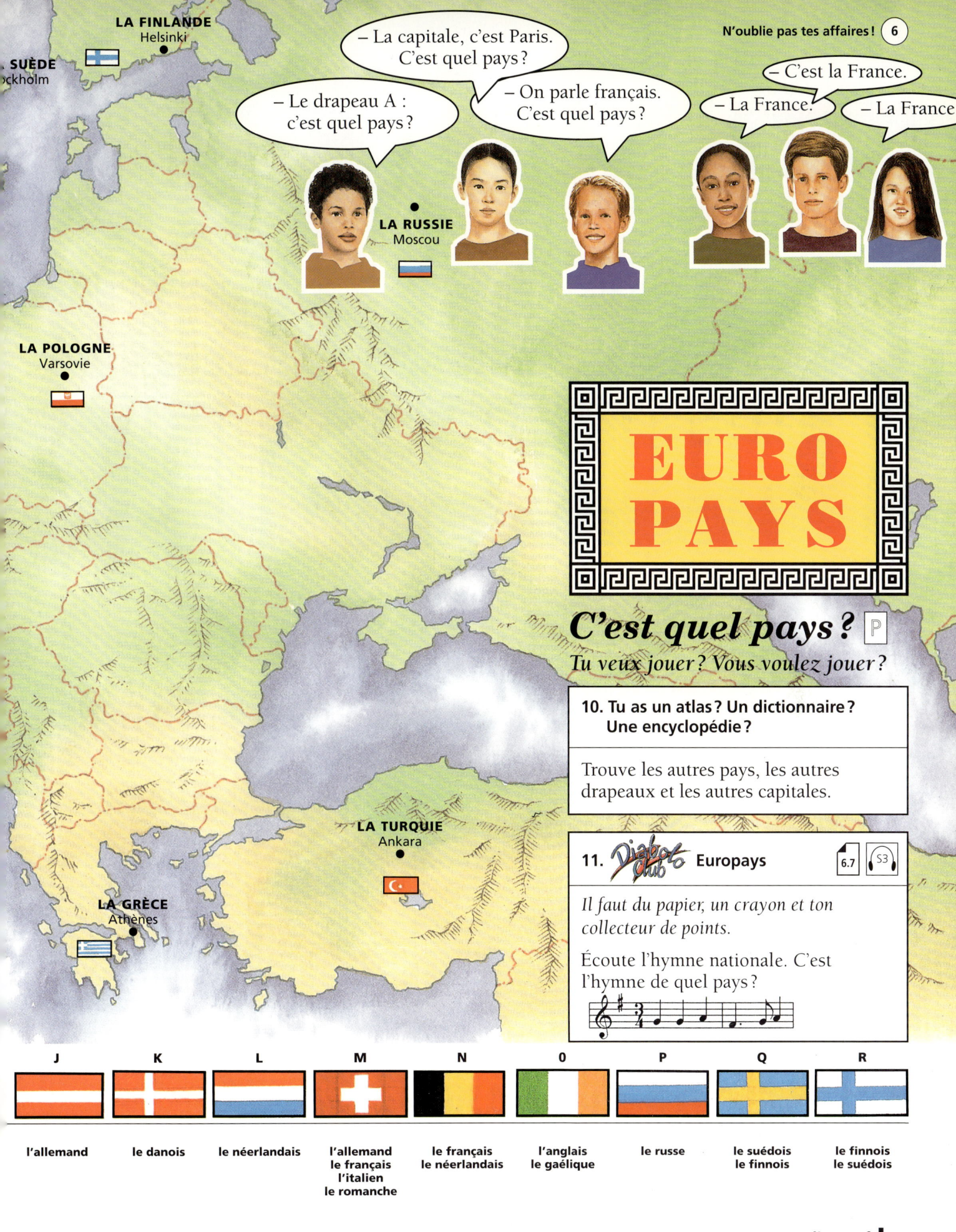

Qu'est-ce que tu fais le week-end ?

Qu'est-ce que tu fais le week-end ?

Où vas-tu?   Que fais-tu?   Avec qui?   Avec tes amis?

LE WEEK-END – GÉNIAL !

LE WEEK-END : OUI !

Tu vas à la pêche ?

Tu fais de la natation ?

Tu joues au volley ?

Tu joues de la trompette ?

Je vais à l'église.

Tu vas au match de foot ?

Tu fais du cheval ?

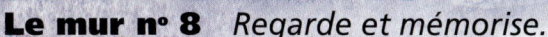

Salut. Tu t'appelles comment?
Je m'appelle Adrienne.

Qu'est-ce que tu fais le week-end, Adrienne?
Moi, j'adore le sport. Le samedi je joue au foot et je joue au basket.

Au basket? Avec qui?
Avec mes amis.

Et que fais-tu le dimanche?
Je vais à l'église et puis je fais du vélo ou je regarde la télé.

Merci, Adrienne.

Bonjour. Tu t'appelles comment?
Je m'appelle Josef.

Tu as quel âge, Josef?
J'ai 14 ans.

Tu es français?
Non, je suis allemand.

Qu'est-ce que tu fais le week-end, Josef?
Je joue de la guitare.

Ah oui?
Oui, je joue du rock et je sors avec mes amis.

Où vas-tu?
Euh... Je vais au cinéma ou je fais de la moto.

Merci, Josef. Au revoir.
Au revoir.

Excuse-moi, Jean-Luc. Que fais-tu le week-end?
Bof... rien. Je fais du shopping, je fais mes devoirs, j'écoute des CD ou je lis des BD.

Tu fais du sport?
Non, je n'aime pas ça!

Le mur n° 8   *Regarde et mémorise.*

William est **allemand**.
Damien est **espagnol**.
Adrien est **français**.
Mario est **italien**.
Tom est **britannique**.

Katharina est **allemande**.
Vanessa est **espagnole**.
Aurélie est **française**.
Dorothée est **italienne**.
Edwina est **britannique**.

INTERNATIONA

a   b   c   d   e   f   g   h

1. Lis les interviews. Fais une liste pour Adrienne, Josef et Jean-Luc.

Exemple A Adrienne : **b**, **e**, **h**, **j**, **k**

2. Trouve la bonne phrase.

Exemple **a**. Je joue de la trompette.

i   j   k   l   m   n   o   p

3.  **Jeu des nationalités**    6.7

Il faut du papier, un crayon et ton collecteur de points.

Il est de quelle nationalité? Elle est de quelle nationalité? Écoute bien.

Le mur n° 9 *Regarde et mémorise.*

Je m'appell**e** Aurélie.
Tu t'appell**es** comment?
Il s'appell**e** Mario.
Elle s'appell**e** Vanessa.

J' ai 15 ans.
Tu as quel âge?
Il a 11 ans.
Elle a 12 ans.

J' habit**e** à Paris.
Tu habit**es** où?
Il habit**e** à Gentilly.
Elle habit**e** à Montesson.

Je suis française.
Tu es britannique?
Il est italien.
Elle est espagnole.

DES EUROPÉENS

Nom : César
Prénom : Jules
Anniversaire: inconnu
Né à : Rome
Nationalité : romain
101–44 av. J.-C. Général et homme politique romain. Consul et dictateur. Assassiné le 15 mars 44 av. J.-C.

Nom : Gutenberg
Prénom : Johannes
Anniversaire : inconnu
Né à : Mayence
Nationalité : allemand
1400–68. Inventeur de l'imprimerie moderne. Le premier livre imprimé est une grammaire allemande.

Nom : D'Arc
Prénom : Jeanne
Anniversaire : inconnu
Née à : Domrémy
Nationalité : française
1412–31. Héroïne de la guerre de Cent Ans contre les Anglais. Brûlée vive le 30 mai 1431.

Nom : de Vinci
Prénom : Léonard
Anniversaire : inconnu
Né à : Vinci
Nationalité : italien
1452–1519. Peintre, sculpteur, architecte et ingénieur. Auteur de *la Joconde*.

Nom : Magellan
Prénom : Fernand de
Anniversaire : inconnu
Né à : Villa Réal
Nationalité : portugais
1480–1521. Navigateur au service de l'Espagne. Tué aux Philippines par des indigènes. Le détroit de Magellan porte son nom.

Nom :
Prénom : Marie-Antoinette
Anniversaire : le 2 novembre
Née à : Vienne
Nationalité : autrichienne
1755–93. Fille de François 1er d'Autriche. Femme de Louis XVI. Reine de France 1774–93. Guillotinée le 16 octobre 1793.

Nom : Mozart
Prénoms : Wolfgang Amadeus
Anniversaire : le 27 janvier
Né à : Salzbourg
Nationalité : autrichien
1756–91. Compositeur de musique. Il fait sa première tournée européenne à l'âge de 6 ans.

Nom : Bonaparte
Prénom : Napoléon
Anniversaire : le 15 août
Né à : Ajaccio
Nationalité : français
1769–1821. Empereur des Français 1804–14 et 1815. Vaincu à Waterloo en 1815.

Nom : Dickens
Prénom : Charles
Anniversaire : le 7 février
Né à : Portsmouth
Nationalité : anglais
1812–70. Écrivain anglais (*Oliver Twist, David Copperfield*, etc.).

ILLUSTRES

Nom : MacMillan
Prénom : Kirkpatrick
Anniversaire : le 2 septembre
Né à : Pierpoint
Nationalité : écossais
1812–78. Forgeron écossais et inventeur de la bicyclette.

Nom : Marx
Prénom : Karl
Anniversaire : le 5 mai
Né à : Trèves
Nationalité : allemand
1818–83. Philosophe et économiste politique allemand. Auteur de *Das Kapital*. Père du communisme.

Nom : Nobel
Prénom : Alfred
Anniversaire : le 21 octobre
Né à : Stockholm
Nationalité : suédois
1833–96. Chimiste suédois. Inventeur de la dynamite et créateur du prix Nobel.

Nom : Picasso
Prénom : Pablo
Anniversaire : le 25 octobre
Né à : Málaga
Nationalité : espagnol
1881–1973. Artiste espagnol. Auteur de *Guernica*.

Nom : Baird
Prénoms : John Logie
Anniversaire : le 13 août
Né à : Helensburgh
Nationalité : écossais
1888–1946. Ingénieur écossais. Pionnier de la télévision.

Nom : de Gaulle
Prénom : Charles
Anniversaire : le 22 novembre
Né à : Lille
Nationalité : français
1890–1970. Général et héros de la deuxième guerre mondiale. Président de la République française 1959–69.

Nom : Frank
Prénom : Anne
Anniversaire : le 12 juin
Née à : Francfort
Nationalité : allemande
1929–45. Juive allemande. Sa famille se cache dans un grenier secret à Amsterdam 1942–44. Victime des Nazis à Belsen à l'âge de 16 ans.

4. Jeu d'identité.
  Travaille avec 2 partenaires. Vous êtes un groupe de 3.

Un point pour la première réponse correcte !

Exemples
A : Il est né à Lille. Son anniversaire, c'est le 22 novembre. Il est français. Il s'appelle comment ?
B : Charles de Gaulle. Un point pour moi !
C : Zut !
A : Elle est née à Domrémy. Elle est française. Elle s'appelle comment ?
C : Jeanne d'Arc. Un point pour moi !
B : Mince !

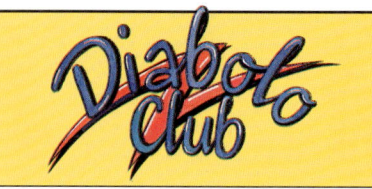

Réponds aux 5 questions :

1. Tu t'appelles comment ?
2. Tu es né(e) où ?
3. Ton anniversaire, c'est quand ?
4. Tu es de quelle nationalité ?
5. Qu'est-ce que tu fais le week-end ?

Écris au Diabolo Club et gagne une guillotine à bricoler !

`7.4`

---

5. Diabolo Club, c'est rigolo ! `S5`
Lis, écoute et réponds.

6. Copie et complète la phrase avec le verbe correct.

1. Elle ✍ Marie-Antoinette.
2. Elle ✍ à Versailles.
3. Son anniversaire, c' ✍ le 2 novembre.
4. Elle ✍ autrichienne.
5. Elle ✍ au diabolo.

7. Copie et complète la phrase avec le verbe correct.

1. Il ✍ à Tokyo.
2. Je ✍ du sport.
3. Je ✍ au football.
4. Elle ✍ Delphine.
5. J' ✍ la danse.
6. Tu ✍ de la musique ?
7. Il ✍ des BD.
8. Il ✍ du sport.
9. Tu ✍ aux cartes ?
10. Elle ✍ 12 ans.
11. Je ✍ française.
12. Tu ✍ anglais ?

---

8. Tu peux faire des phrases ? Combien ?

Exemple J'aime le jazz.

Je On Tu J' Elle Il

écoute
vas
collectionnes
regarde
joues
regardes
écoutes
collectionne
aime
lis
joue
aimes
fait
lit
vais
fais

la télé
le rock
des CD
au foot
les éléphants
de la guitare
du cheval
le jazz
du vélo
au cinema
des BD
avec des amis
du sport
au basket

Le mur n° 10   *Regarde et mémorise.*

`7.3`

J' aime le chocolat.
Tu aimes le ketchup ?
Il aime la musique.
Elle aime les vélos.
On aime le rock.

Je regarde le match.
Tu regardes le tableau ?
Il regarde la télé.
Elle regarde des films.
On regarde des cassettes vidéo.

Je lis *Okapi.*
Tu lis *Tintin* ?
Il lit *Astérix.*
Elle lit *Smash Hits.*
On lit des BD.

Je collectionne les timbres.
Tu collectionnes les cartes postales ?
Il collectionne les gommes.
Elle collectionne les éléphants.
On collectionne les cannettes.

Je joue au foot.
Tu joues au volley ?
Il joue au cricket.
Elle joue aux jeux vidéo.
On joue aux cartes.

Je vais à Paris.
Tu vas au match ?
Il va à la piscine.
Elle va à l'église.
On va au cinéma.

J' écoute le jazz.
Tu écoutes la radio ?
Il écoute des CD.
Elle écoute des cassettes.
On écoute le professeur.

Je fais du cheval.
Tu fais du sport ?
Il fait du vélo.
Elle fait de la natation.
On fait la fête.

Au café

9. Écoute les clients.
Tu es le serveur. [S6]

Exemple

1x croque-monsieur
1x café crème

Oui, mademoiselle ?

Une limonade et un hot dog, s'il vous plaît.

Le café de la gare — LA CARTE

BOISSONS

un café crème	
un chocolat	
une limonade	10,00
un sirop de cassis	12,00
un diabolo menthe	15,00
un diabolo fraise	10,00
un coca	15,00
	15,00
	15,00

SNACKS

un croque-monsieur	
un hamburger	
un hot dog	30,00
un sandwich au jambon	30,00
un sandwich au fromage	25,00
des frites	25,00
	20,00
	20,00

GLACES

chocolat * café * cassis * fraise * vanille

une glace simple	
une glace double	15,00
	25,00

10. Parle avec ton/ta partenaire. [P]

A   B

?

11. Devoirs : invente une carte pour ton café imaginaire.

12. Vous êtes un groupe de 3.
Vous avez 6 minutes. Improvisez un sketch. [G]

LE TITRE Catastrophe au café.
LES PERSONNAGES A = le serveur. B et
C = Simone et Didier… ou bien…?
DES IDÉES Bonjour, vous désirez ?…
Un croque-monsieur, s'il vous plaît !…
Regarde… un bulldozer… ou bien… ?

8

Il est onze heures...
Il fait nuit noire...

Il est onze heures.

Il fait nuit noire...

Tu cherches le trésor perdu des Chevaliers de Beauvais.

Tu fais du vélo.

Tu es avec des amis.

Tu écoutes...
Rien...
Silence...

Il y a une forêt.

Un sentier traverse la forêt.

Tu parles doucement :
« Je laisse mon vélo là.
Je continue à pied.
Vous restez là ? »

« Non... On continue. »

Soudain, il y a un bruit.

AAAARRGH !

« Vous préférez retourner à la maison ? »

« Non. On continue. »

Un hibou s'envole avec une souris dans ses griffes.

La lune apparaît derrière les nuages.

Regarde ! Un grand manoir ancien.

Qui habite dans le manoir ?

Il y a quatre portes énormes.

SUITE DANS LA PROCHAINE UNITÉ...

1. Lis l'histoire.

2. Répète les phrases.

3. Travaille avec 3 partenaires. Vous êtes un
groupe de 4. Inventez les détails de l'histoire.

1. Qu'est-ce que c'est, le trésor ?
2. Qui sont vos amis ?
3. Il y a un bruit. Qu'est-ce que c'est ?
4. On est où ?
5. Qui habite dans le Manoir ?

4. On aime visiter le Manoir. Dessine une affiche
du Manoir pour l'office de tourisme.

N'oublie pas la forêt, le sentier, le lac, le jardin, les
deux tours, les fenêtres, les quatre portes et le trésor !

Le mur n° 11 *Regarde et mémorise.*

TU

Tu **es** seul.
Tu arriv**es** à 11 heures.
Tu cherch**es** le trésor.
Tu continu**es** à pied.
Tu regard**es** le Manoir.
Tu retourn**es** à la maison.

VOUS

Vous **êtes** 4.
Vous arriv**ez** à 8 heures.
Vous cherch**ez** le trésor.
Vous continu**ez** à vélo.
Vous regard**ez** les portes.
Vous désir**ez** entrer.

**5. Copie et complète les phrases.
Écris « tu » ou « vous ».**

1. ✍ cherches le trésor.
2. ✍ êtes avec des amis.
3. ✍ fais du vélo.
4. ✍ trouvez les portes.
5. ✍ lisez les messages.
6. ✍ écoutes le loup.
7. ✍ regardes le Manoir.
8. ✍ continuez lentement.

**6. Complète la phrase avec le
verbe correct.**

1. Tu ☆ du vélo.
2. Tu ☆ ton vélo dans la forêt.
3. Vous ☆ à pied.
4. Tu ☆ le Manoir.
5. Tu ☆ la solution.
6. Vous ☆ à la porte.
7. Tu ☆ à la maison.
8. Vous ☆ les clés.

arrivez
regardes
trouvez
fais
trouves
continuez
laisses
retournes

Le mur n° 12 *Regarde et mémorise.* 8.3

Il s'appelle Mario.
Elle s'appelle Vanessa.

Ils s'appellent Ali et Mario.
Elles s'appellent Vanessa et Elena.

Il a 11 ans.
Elle a 12 ans.

Ils ont 11 ans.
Elles ont 12 ans et 11 ans.

Il habite à Gentilly.
Elle habite à Montesson.

Ils habitent à Gentilly.
Elles habitent à Montesson.

Il est italien.
Elle est espagnole.

Ils sont italiens.
Elles sont espagnoles.

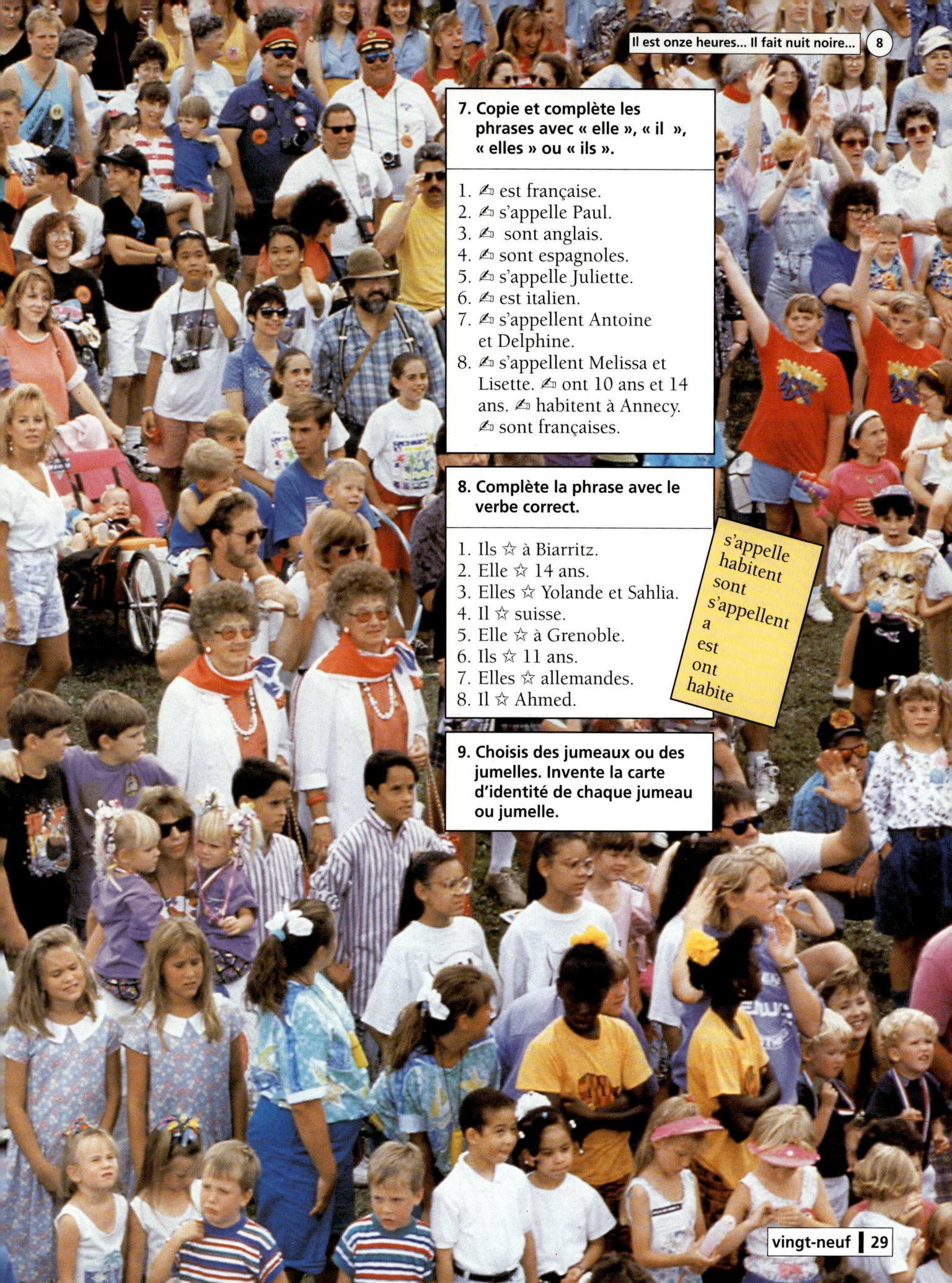

7. Copie et complète les phrases avec « elle », « il », « elles » ou « ils ».

1. ✐ est française.
2. ✐ s'appelle Paul.
3. ✐ sont anglais.
4. ✐ sont espagnoles.
5. ✐ s'appelle Juliette.
6. ✐ est italien.
7. ✐ s'appellent Antoine et Delphine.
8. ✐ s'appellent Melissa et Lisette. ✐ ont 10 ans et 14 ans. ✐ habitent à Annecy. ✐ sont françaises.

8. Complète la phrase avec le verbe correct.

1. Ils ☆ à Biarritz.
2. Elle ☆ 14 ans.
3. Elles ☆ Yolande et Sahlia.
4. Il ☆ suisse.
5. Elle ☆ à Grenoble.
6. Ils ☆ 11 ans.
7. Elles ☆ allemandes.
8. Il ☆ Ahmed.

s'appelle
habitent
sont
s'appellent
a
est
ont
habite

9. Choisis des jumeaux ou des jumelles. Invente la carte d'identité de chaque jumeau ou jumelle.

10. Trouve une phrase pour chaque image.

Exemple
1. Je joue de la guitare = **g**

11. Écoute le sondage. Trouve une phrase pour chaque dialogue.

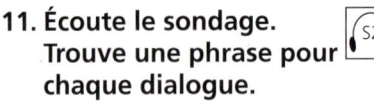

Exemple Dialogue 1 = **1.**

1. Je joue de la guitare.
2. Je travaille. Je fais mes devoirs.
3. Je vais à la pêche.
4. Je fais du cheval.
5. Je fais de la natation.
6. Je fais du shopping.
7. Je fais du vélo.
8. Je joue au tennis.
9. Je joue au volley.
10. Je joue au basket.
11. Je joue au football.
12. Je lis des BD.
13. J'écoute des CD.
14. Je vais au cinéma.
15. Je regarde la télé.
16. Je fais du sport.
17. Je joue de la trompette.
18. Je sors avec mes amis.
19. Je vais à l'église.
20. Bof... rien.

13. Mémorise.

Juliette fait du cheval.
Jean-Jacques joue au football.
André regarde la télé.
Aurélie joue au volley.
Mustapha lit des BD.
Mireille écoute des CD.
Toi, tu joues de la guitare.
Et moi, bof, je fais mes devoirs !

14. À toi ! Invente un poème.

15. Copie et complète.

1. Je ✍ de la natation.
2. J' ✍ des CD.
3. Je ✍ au cinéma.
4. Je ✍ la télévision.
5. Je ✍ au basket.
6. Je ✍ des BD.

écoute
vais
lis
joue
regarde
fais

12. Maintenant à toi ! Tu fais un sondage dans la classe.

8.4

La question, c'est « Qu'est-ce que tu fais le week-end ? »

1. Copie la liste des activités.
2. Pose la question.
3. Coche (✔) les activités.
4. Écris le total des ✔ pour chaque activité.

Exemple
7. Je fais du vélo. ✔✔✔✔✔ 5

Images:
k, f, p, a, h, c, i, l, j, n, o, q, g, r, t, b, e, d, m, s

16. Copie et complète.

1. Tu ✎ des cassettes?
2. Tu ✎ à la pêche?
3. Elle ✎ au football.
4. Il ✎ du shopping.
5. Il ✎ le match.
6. Tu ✎ des BD?
7. Tu ✎ au Manoir?
8. Tu ✎ du cheval.
9. Elle ✎ la radio.
10. Il ✎ au cinéma.

vas
écoute
fait
joue
lis
regarde
va
écoutes
vas
fais

17. Retrouve l'ordre des mots.

1. du elle cheval fait
2. tu BD des lis?
3. CD des écoute j'
4. cinéma va au il
5. devoirs il les fait week-end le
6. de joues guitare la tu?
7. vélo fait elle du
8. joues tu tennis au?

Diabolo Club

On cherche un correspondant.

31 116
Salut!
J'ai 11 ans. Je suis née le 3 avril. Je fais du cheval et je lis des BD (j'adore Tintin!). Je cherche une correspondante française.
Sandra Mamane (Maroc)

31 117
Cher Diabolo Club
J'écoute de la musique pop, je lis et je danse. Je collectionne les timbres et les pièces de monnaie. Je désire correspondre avec des jeunes filles ou garçons qui parlent français ou anglais.
Basma Bennour (Tunisie)

31 118
Salut!
Je collectionne les cartes postales et je joue de la guitare. Je cherche un correspondant francophone.
Hamat Zenab (Tchad)

31 119
Diabolo Club
J'ai 12 ans. J'aime la musique, le sport et la danse. Je cherche un correspondant qui parle anglais ou allemand.
Armand Gatti (France)

18. Lis les descriptions et les petites annonces. Associe chaque description à une petite annonce.

Les descriptions

1. Elle écoute de la musique, elle lit et elle danse. Elle collectionne les timbres et les pièces de monnaie. Elle cherche un correspondant qui parle français ou anglais.
2. Il a 12 ans. Il aime la musique, le sport et la danse. Il cherche un correspondant qui parle anglais ou allemand.
3. Elle a 11 ans. Elle fait du cheval et elle lit des BD. Elle cherche une correspondante française.
4. Il collectionne les cartes postales et il joue de la guitare. Il cherche un correspondant francophone.

19. Vous êtes un groupe de 3 ou 4. Vous avez 6 minutes. Improvisez un sketch. G

LE TITRE Salut! Qui es-tu?
LA SCÈNE Le studio du Diabolo Club... ou bien...?
LES PERSONNAGES 3 ou 4 membres du Club – vous inventez les détails.
DES IDÉES Tu t'appelles comment? ... Tu as quel âge? ... Tu habites où? ... Qu'est-ce que tu fais le week-end?
Tu aimes...?

Le Manoir aux Quatre Mystères

9

Épisode 1 : Le mystère des codes

Le code

1~A	19~J	16~S
3~B	21~K	14~T
5~C	23~L	12~U
7~D	25~M	10~V
9~E	26~N	8~W
11~F	24~O	6~X
13~G	22~P	4~Y
15~H	20~Q	2~Z
17~I	18~R	27~!

La porte 1

13 1 18 1 13 9
7 9 16
24 3 19 9 14 16
12 14 17 23 9 16

La porte 2

26 17 5 15 9
7 1 26 13 9 18
5 15 17 9 26
25 9 5 15 1 26 14

1. Voici le premier épisode. Écoute.

2. Voici le premier mystère. Travaille avec 3 partenaires. Vous êtes un groupe de 4. G

1. Regardez les portes. Décodez les messages.
   A : Tu dis les chiffres.
   B : Tu dis les lettres qui correspondent.
   C : Tu dis les messages.
   D : Tu contrôles.

2. Choisissez une porte.
   La porte 1 : allez à la page 105.
   La porte 2 : allez à la page 107.
   La porte 3 : allez à la page 109.
   La porte 4 : allez à la page 110.

3. Maintenant, tu travailles seul(e). Décode les messages.

7 17 6   15 9 12 18 9 16
5 9 26 14   11 18 1 26 5 16
24 12 10 18 9   23 1   22 24 18 14 9
22 1 16 16 9-25 24 17   23 9 16   5 15 17 22 16

4. Écris un message codé pour ton/ta partenaire. P

5. Invente un code différent, si tu veux.

Exemple   C P O K P V S = B O N J O U R.

La porte 3
16 14 24 22
23 24 26 13
14 12 26 26 9 23
26 24 17 18

La porte 4
3 18 1 10 24 27
9 26 14 18 9 2
7 1 26 16   23 9
25 1 26 24 17 18

PROCHAIN ÉPISODE : LE MYSTÈRE DE L'HORLOGE NORMANDE

6. Copie et complète. Remplace les chevaliers par les verbes.

On  le 26 novembre, 1990.
Je  chercher le trésor perdu des
Chevaliers de Beauvais.

6h 15 : Je quitte la maison.

6h 30 : Je retrouve mes amis. Ils  Raoul et
Stéphanie. Ils  14 ans et 13 ans. Ils
à Nîmes aussi.

7h 30 : On  la forêt. Le vent  . Des
loups  Mes amis  peur. Ils
Stéphanie  doucement : «J'  peur,
Nicole. On  à la maison ? »
«Non, je  . Vous  vous deux ? »
«Oui. Tu  seule ? Tu  sûre ? »
«Le trésor  dans le Manoir et je  .»
Raoul et Stéphanie  le Manoir et
 à la maison.

9h : Moi, j'  au Manoir. Je  le Manoir,
je  les messages codés et je  une porte.
J'  dans le garage et je  une lampe
de poche, un canif, un sac à dos et des biscuits.

10h : J'  dans le vestibule du Manoir.

10h 30 : Ar————————

MON AGENDA PERSONNEL

Je m'appelle...........................
...... Nicole de Valois ......
J'ai .... 15 .... ans
J'habite à ......
...... Nîmes ......
....
....

est	entre	choisis
siffle	continues	regardent
ont	lis	hurlent
parle	retourne	retournez
continue	traverse	tremblent
habitent	arrive	ont
s'appellent	es	choisis
est	retournent	ai
regarde	entre	
veux	continue	

7. Cherche les mots en rouge dans le vocabulaire. Qu'est-ce que tu remarques ?

Exemple cherchez chercher

1. Vous cherchez le trésor perdu des Chevaliers de Beauvais.
2. Tu écoutes... Rien... Silence...
3. Un sentier traverse la forêt.
4. Tu parles doucement : « Je laisse mon vélo là. Je continue à pied. Vous restez là ? »
5. « Non... On continue. »

6. Vous continuez à pied.
7. Tes amis tremblent.
8. Tu demandes: « Vous préférez retourner à la maison ? »
9. Un hibou s'envole avec une souris dans ses griffes.
10. Vous arrivez au Manoir aux Quatre Mystères.
11. Vous regardez le Manoir.
12. Qui habite dans le Manoir ?

LES VERBES

Le mur n° 13 *Regarde et mémorise.*

9.5

écouter   collectionner   **jouer**   chercher   trembler

crier   entrer   quitter   regarder

trouver   aimer   continuer   laisser

Je jou**e** au basket.
Tu jou**es** avec ton ami ?
Il jou**e** aux jeux vidéo.
Elle jou**e** de la guitare.
On jou**e** au tennis.
Nous jou**ons** dans un groupe.
Vous jou**ez** du piano ?
Ils jou**ent** au volley.
Elles jou**ent** aux cartes.

retourner   traverser   arriver   habiter   parler   fermer   passer

8. Regarde le mur n° 13 et complète les verbes.

1. Je regard■ le Manoir. Je trembl■. Je parl■ à mes amis.
2. Tu laiss■ ton vélo et tu continu■ à pied. Tu travers■ la forêt.
3. Un hibou cherch■ une souris. Il trouv■ une souris.
4. La femme habit■ dans le Manoir. Elle parl■ doucement et elle ferm■ la porte.
5. D'accord ! On laiss■ les vélos et on continu■ à pied.
6. Nous arriv■ au Manoir et nous trouv■ la solution.
7. Vous entr■ dans le tunnel. Vous trouv■ les toilettes. Vous retourn■ à la porte.
8. Les fantômes habit■ dans la tour. Ils hurl■
9. Les filles arriv■ à la porte. Elles entr■ dans le vestibule. Elles cherch■ la solution.

9. Le géant parle... Choisis.

4.2

Je laisse mon vélo là et je continue à pied.

Tu aimes les chips, hein ?

Je cherche Nicole de Valois.

Qui habite dans le Manoir ?

Tu as peur ?

Tu cherches mon trésor ?

Les devoirs – c'est obligatoire.

10. Regarde le mur n° 14. Complète les phrases avec « ne » et « pas ».

11. Lis la recette.

Pour 1 croque-monsieur :
2 tranches de pain de mie
du beurre
1 tranche de jambon
du fromage

CROQUE-MONSIEUR

1. Je beurre le pain.

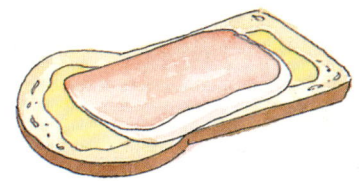
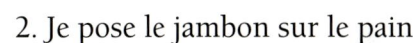

2. Je pose le jambon sur le pain.

3. Je pose le fromage
   sur le jambon.

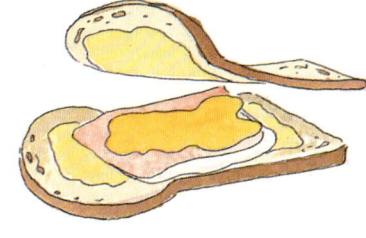

4. Je recouvre avec
   l'autre tranche
   de pain.

5. Je mets au four
   pour 10 minutes à
   thermostat 4.

12. Lis l'histoire. Invente la dernière phrase.

Le petit chaperon rouge

La mère du petit chaperon rouge dit :
« Va voir ta grand-mère ! Donne-lui du chocolat !
Ne mange pas le chocolat !
Ne t'arrête pas sur le sentier !
N'entre pas dans la forêt !
Ne parle pas au grand méchant loup ! »

Mais le petit chaperon rouge n'écoute pas sa mère.

Le petit chaperon rouge s'arrête sur le chemin et
mange le chocolat. Puis, elle entre dans la forêt.
Elle traverse la forêt et elle arrive au lac.
Là, elle parle au grand méchant loup...

Où sont les toilettes, s'il vous plaît ? **GUIDE PRATIQUE** **2**

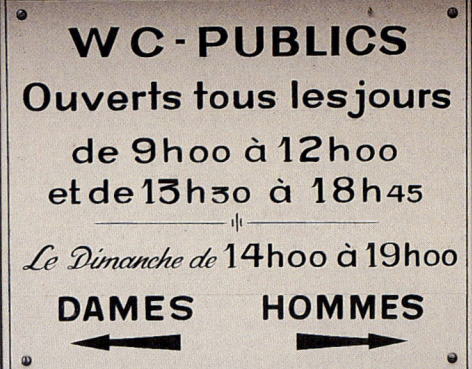

des toilettes à la turque

Les toilettes à la turque existent toujours, surtout dans les campings, sur les plages, dans les petits cafés et à la campagne.

un urinoir public

Il n'y a pas beaucoup d'urinoirs aujourd'hui.

un pourboire

Normalement, dans les toilettes publiques, on laisse un pourboire.

des toilettes automatiques

Quelquefois, les filles et les garçons partagent les mêmes toilettes.

Descendez l'escalier

13. Écoute. Où sont les toilettes ?

Là-bas

Montez l'escalier

Où sont les toilettes, s'il vous plaît ? GUIDE PRATIQUE **2**

---

14. Parle avec ton/ta partenaire. P

Exemple
A : Où sont les toilettes, s'il vous plaît ?
B : Montez l'escalier. À droite.

A  **B**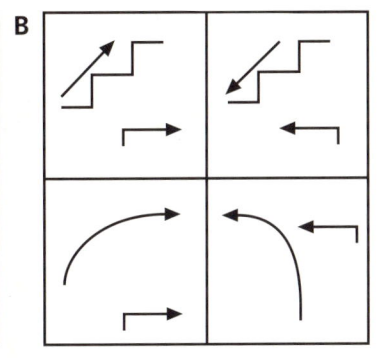

Où sont les toilettes, s'il vous plaît ?

Descendez l'escalier. Là-bas.

Merci beaucoup.

Je vous en prie.

A
- **Excusez-moi.**
- **Où sont les toilettes, s'il vous plaît ?**

B
- **Monte l'escalier !**
- **Montez l'escalier !**
- **Descends l'escalier !**
- **Descendez l'escalier !**
- **Là-bas.**
- **À gauche.**
- **À droite.**

A
- **Merci.**

B
- **Je t'en prie.**
- **Je vous en prie.**
- **De rien.**

---

15. Vous êtes un groupe de 4. Vous avez 6 minutes. Improvisez un sketch. G

LE TITRE Oh là là ! Où est le vestibule ?
LA SCÈNE : Le Manoir aux Quatre Mystères. Ou bien… ?
LES PERSONNAGES A et B = 2 amis. C et D… à vous de choisir.
DES IDÉES Où est le vestibule, s'il te plaît ?… Montez / descendez l'escalier… C'est par là / à droite / à gauche…. Ce n'est pas le vestibule, c'est… Regarde ! Là-bas ! C'est… un Chevalier de Beauvais / Jules César… ou bien… ?

10

Ça fait combien ?

1 kilomètre (km)	=	1000 mètres (m)
1 mètre (m)	=	100 centimètres (cm)
1 centimètre (cm)	=	10 millimètres (mm)

1. De 0 à 100. Compte à voix haute. Ça s'écrit comment ? Regarde les numéros des pages.

2. Écoute. Il est quelle heure ? (S2)

3. Énigme !

Pose 4 jetons sur 4 cases. Additionne les nombres opposés. Qu'est-ce que tu remarques ?

41	42	43	44	45	46	47	48	49	50
51	52	53	54	55	56	57	58	59	60
61	62	63	64	65	66	67	68	69	70
71	72	**73**	**74**	75	76	77	78	79	80
81	82	**83**	**84**	85	86	87	88	89	90
91	92	93	94	95	96	97	98	99	100

4. Écoute l'histoire de Nicole de Valois. Retrouve l'ordre des images. (S3)

a

b

c

d

e

5. Ça fait combien ?

Exemple
2 km : Ça fait combien de mètres ?
Ça fait 2000 (deux mille) mètres.

1. 15 m :
   Ça fait combien de centimètres ?

2. 34 cm :
   Ça fait combien de millimètres ?

3. 10 km :
   Ça fait combien de mètres ?

4. 200 m :
   Ça fait combien de centimètres ?

5. 700 cm :
   Ça fait combien de mètres ?

6. 8000 m :
   Ça fait combien de kilomètres ?

7. 10 000 mm :
   Ça fait combien de mètres ?

6. Une vente de charité au Lycée International.

Monsieur Diabolo présente les lots.
Attention à la prononciation du mot « lot ».

Lot 12 : un walkman
1. Monsieur Diabolo commence à combien ?
2. On paie combien ?

Lot 13 : une chemise bleue unisexe
1. Monsieur Diabolo commence à combien ?
2. On paie combien ?

Lot 14 : une collection de cartes de foot
1. Monsieur Diabolo commence à combien ?
2. On paie combien ?

Lot 15 : 3 jeux vidéo
1. Monsieur Diabolo commence à combien ?
2. On paie combien ?

7. Jeu de calcul mental

Il faut du papier, un crayon et ton collecteur de points.

Tu es fort/forte en calcul mental ? Il y a 8 questions.

Un point pour une réponse correcte.

Exemple
42 plus 38. Ça fait combien ?
70 ou 80 ?
Oui. Bien sûr. 42 plus 38, ça fait 80.

8. Choisis un adversaire. Invente des questions et teste ton adversaire.

Exemples

16 + 17 = ?
seize plus dix-sept égale...

20 + 33 = ?
vingt plus trente-trois égale...

32 - 8 = ?
trente-deux moins huit fait...

15 - 12 = ?
quinze moins douze fait...

9. Donne ton numéro de téléphone à ton/ta partenaire.

Exemple
Mon numéro de téléphone, c'est le 07.36.27.14.

10. Oui, chef ! [S7]

La scène : Le Manoir aux Quatre Mystères

1. Va à la page 105.
   Écris une liste des objets.
2. Écoute les gangsters.
   Qu'est-ce qu'il y a dans le sac ? (✔)
   Qu'est-ce qu'il n'y a pas dans le sac ? (✘)

11. Tu es avec ton ami dans le garage du Manoir. Imaginez la conversation. [P]

A : Tu trembles ?

B : Oui.   B : Non.

A : On retourne à la maison ?

B : Oui.   B : Non.

A : On continue ?

B : D'accord.   B : Oui, d'accord.

A : On choisit 4 objets ?

B : Oui, je choisis une boussole, un carnet, des allumettes, une calculatrice.   B : D'accord. Je choisis un canif, un mètre, un sac à dos, des biscuits.

Ouf!

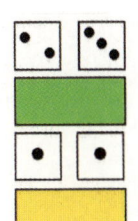

un, deux, trois, quatre, cinq
Ça fait combien?
– neuf.

un, deux
Ça s'écrit comment?
– k-e-t-c-h-u-p

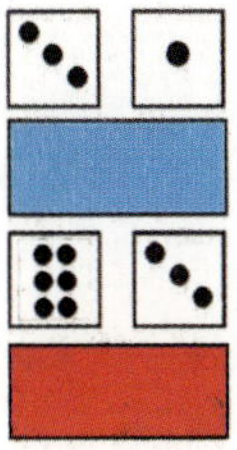

un, deux, trois, quatre
Qu'est-ce que tu veux?
– Passe-moi les biscuits, s'il te plait!

un, deux, trois, . . . neuf
Qu'est-ce que Jacques a dit?
–Lève-toi!/Levez-vous!

Donne la bonne réponse, sinon retourne au « DÉPART ».
Si tu tombes sur une case « OUF! », tu as beaucoup de chance. Dis simplement «OUF!»

DÉPART

1	2	OUF!! 3	4	9 ▸5
OUF!! 11	OUF!! 10	9	8	OUF!! 7	eviar 6
2 ▸12	13	Miel 14	15	16	6 ▾17
OUF!! ▾23	12 ◂22	LIMONADE 21	COKE 20	19	OUF!! ◂18
11 ▸24	3 ▸25	CONFITURE 26	27	28	29
8 ▾35	OUF!! 34	LAIT 33	NOM 32	OUF!! 31	30
Milka CHOCOLAT 36	OUF!! ▸37	OUF!! 38	39	4 ▸40	BRAVO!

ARRIVÉE

Ça fait combien, s'il vous plaît ?

Ça fait combien, s'il vous plaît ?

Cinq croissants... ça fait 20 francs, monsieur.

12. Écoute les clients. On paie combien ?

13. Vrai ou faux ?

1. Laura choisit une glace à la fraise.
2. Monsieur Diabolo choisit 2 baguettes et 5 croissants.
3. Ben choisit un flan, un éclair au chocolat, 2 tartelettes aux fraises, une religieuse au café et un croissant.

Ça fait combien, s'il vous plaît ?

14. Parle avec ton/ta partenaire.

Exemple
A : Deux baguettes et un flan, s'il vous plaît. Ça fait combien ?
B : Ça fait 23 francs.

A

A
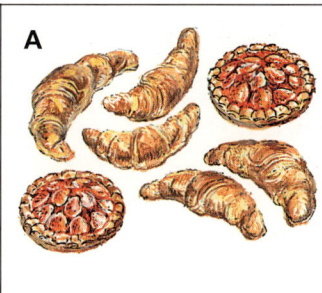

B
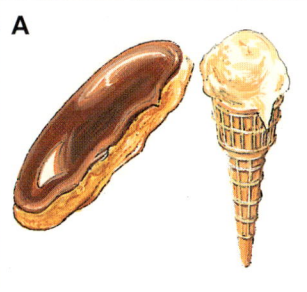

B

A

A

B

B

A
- Bonjour... Oui ?

B
- Une glace,
- 5 croissants,
- 2 baguettes,
- Un flan,
- Un éclair au chocolat,
- 2 tartelettes aux fraises,
- Une religieuse au café,

- s'il vous plaît.

A
- C'est tout ?

B
- Oui, c'est tout. Merci.
- Non, je voudrais aussi...
- Ça fait combien ?

A
- Ça fait ... francs.

---

15. Vous êtes un groupe de 4. Vous avez 6 minutes. Improvisez un sketch.

LE TITRE N'oubliez pas le pain !
LA SCÈNE À la maison. Dans la boulangerie... Ou bien... ?
LES PERSONNAGES **A** = maman ou papa.
B et **C** = 2 enfants. **D** = le boulanger... ou bien...?
DES IDÉES Voilà 100 F...
N'oubliez pas le pain, s'il vous plaît...
8 éclairs au chocolat !? Où est le pain ?
Tu rigoles !

16. Regarde et mémorise.

DURÉE DE VIE MAXIMALE		Âges	DURÉE DE VIE MAXIMALE		Âges
	une tortue	152 ans		un chien	29 ans
	une femme un homme	120 ans		un lapin	18 ans
	un éléphant d'Asie	78 ans		un cobaye	15 ans
	une baleine	70 ans		une fourmi	14 ans
	un hibou	68 ans		une grenouille verte	13 ans
	un alligator	66 ans		un escargot	6 ans
	un cheval	62 ans		une souris	4 ans
	un perroquet	55 ans		une mouche à fruits	6 jours

17. Trouve les mots difficiles dans le vocabulaire.

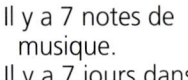

Il y a 7 notes de musique.
Il y a 7 jours dans une semaine.
Il y a 7 couleurs dans l'arc-en-ciel.

Un Français mange à peu près 65 kilos de fruits par an.

La comète de Halley passe près de la Terre tous les 76 ans.

Nous avons à peu près 100 000 cheveux.

Il y a 60 minutes dans une heure et 1440 minutes dans 24 heures.
Il y a 60 secondes dans une minute et 86 400 secondes dans 24 heures.

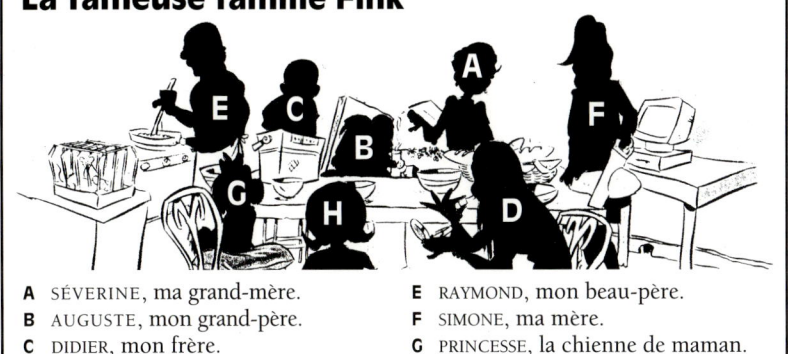

11

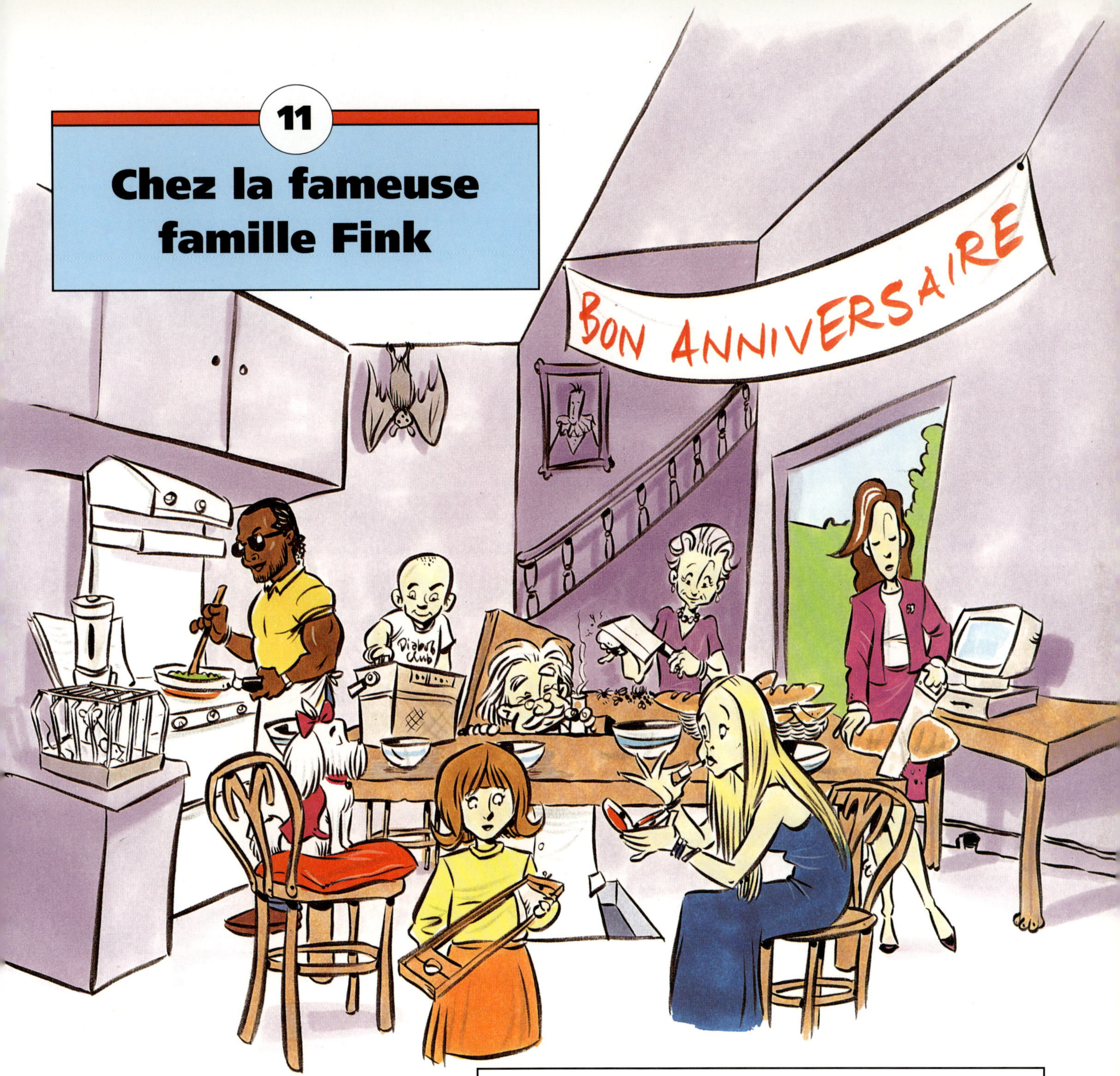

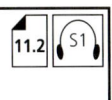

Chez la fameuse famille Fink

BON ANNIVERSAIRE

1. C'est l'heure du petit déjeuner chez la fameuse famille Fink. Écoute. Monsieur Diabolo a un petit message pour Lisette. 11.2 S1

À toi ! Choisis une chanson et écris TON message à Monsieur Diabolo.

La fameuse famille Fink

E
C
A
F
B
G
H
D

A SÉVERINE, ma grand-mère.
B AUGUSTE, mon grand-père.
C DIDIER, mon frère.
D CLAIRE, ma sœur.
E RAYMOND, mon beau-père.
F SIMONE, ma mère.
G PRINCESSE, la chienne de maman.
H LISETTE, c'est MOI !

La lettre de Lisette

Lisette écrit à sa correspondante.

Maison Fink,
le lundi 12 décembre

Chère Mary,

J'attends ta visite avec impatience !
Tu aimes ma photo ?

Ma famille est très sympa, mais un peu bizarre. Tu vas voir ! Mon beau-père est américain. Il est super-cool et il fait la cuisine. Ma mère est française. Elle est très jolie.

J'ai un frère et une sœur. Ma sœur s'appelle Claire. Elle a 14 ans. Mon frère s'appelle Didier. Il a 11 ans. Il est un peu bizarre ; il est chauve ! Il a un serpent. Moi, j'ai des rats. Mais Didier met le serpent et les rats dans la même cage. C'est affreux, le serpent va manger les rats...

Mon grand-père aime faire des expériences dans son laboratoire. Ma grand-mère est géniale. Elle adore les insectes et les araignées.

Nous avons beaucoup d'animaux à la maison. Et toi ? Tu aimes les araignées ? Les serpents ? Les rats ?
Grosses bises

Lisette

PS Réponds-moi vite !

2. Copie et complète les phrases suivantes. Tu es Lisette.

1. Ma grand-mère s'appelle ✎
2. ✎ grand-père s'appelle ✎
3. J'ai ✎ frère et ✎ sœur.
4. Ma sœur s'✎ Claire.
5. Elle ✎ 14 ans.
6. ✎ mère est très jolie.
7. Ma ✎ s'appelle Simone.
8. Mon ✎ s'appelle Raymond.

3. Écris une lettre. Parle de ta famille. ▸11.3

Imagine. Tu es le correspondant / la correspondante de la fameuse famille Fink : de Lisette, de Claire, de Didier, de Simone, de Raymond, etc. Tu peux choisir.

4. Qui habite chez toi? Parle avec 2 partenaires. ⊞G

Exemple

A : Qui habite chez toi ?
B : Ma mère ; elle s'appelle Annick. Et ma sœur ; elle s'appelle Alice et elle a 15 ans.
C : Ma mère ; elle s'appelle ...
B : Qui habite chez toi ?
etc.

5. La famille Fink prépare la fête. Écoute et répète. 🎧S2

6. Écoute. Que fait la famille Fink? 🎧S3

Exemple 1. **f**

7. Vrai ou faux? Regarde les images et écris « V » ou « F ».

1. Simone prépare une mousse d'araignées.
2. Didier joue avec son serpent.
3. La grand-mère joue avec son cadeau d'anniversaire.
4. Le grand-père travaille dans le jardin.
5. Claire joue avec ses amies.
6. Lisette prépare les cocktails dans son laboratoire.
7. Raymond fait la cuisine pour la fête.

Les diamants de Simone

Il est minuit chez la fameuse famille Fink.
On prépare la fête pour Lisette.

Grand-père prépare
les cocktails
dans son laboratoire.

a

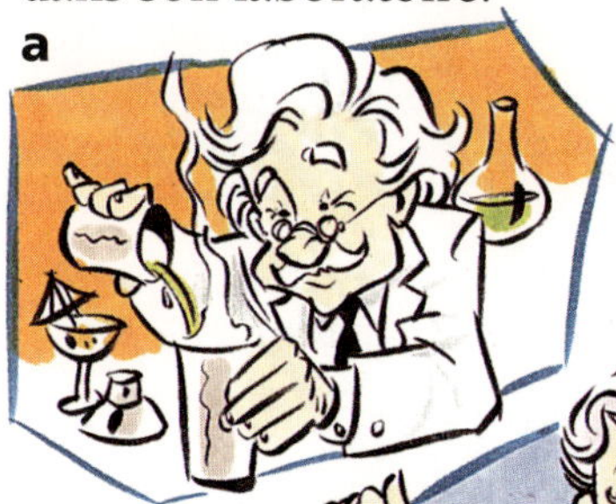

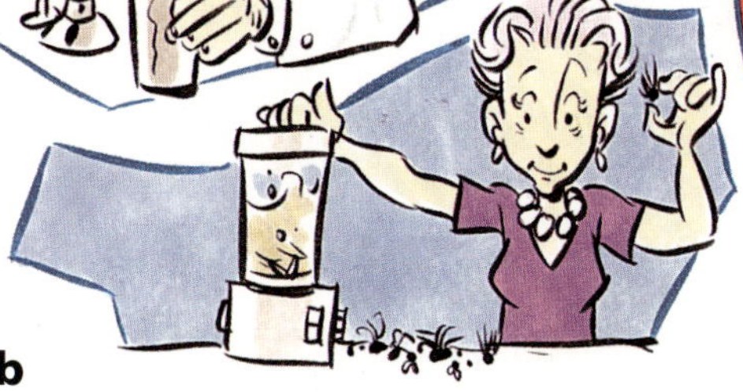

Claire joue
avec ses amies.

c

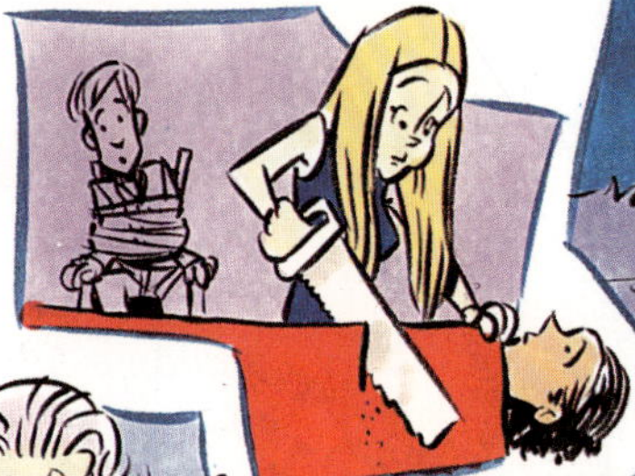

Simone travaille
dans le jardin.

d

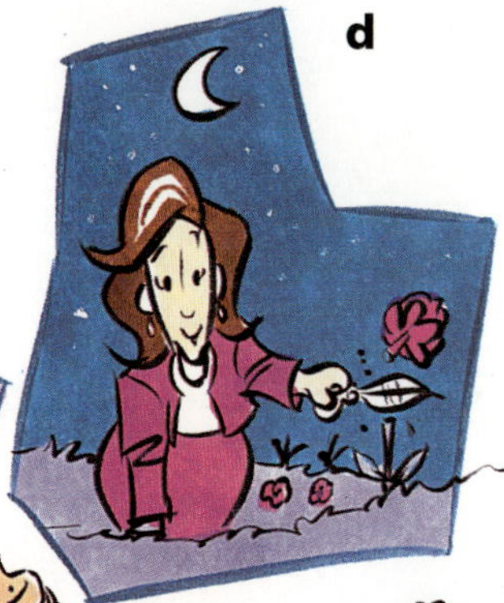

Raymond fait la
cuisine.

e

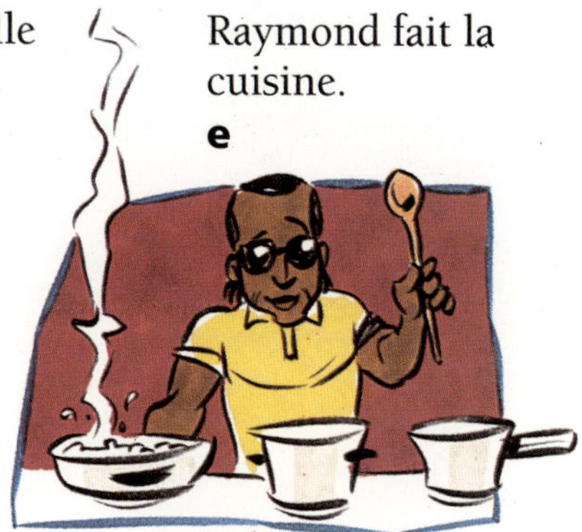

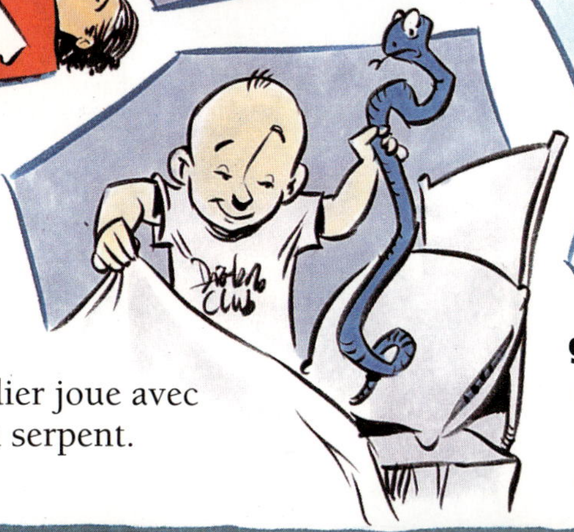

b

Grand-mère prépare
une mousse d'araignées.

f

Didier joue avec
son serpent.

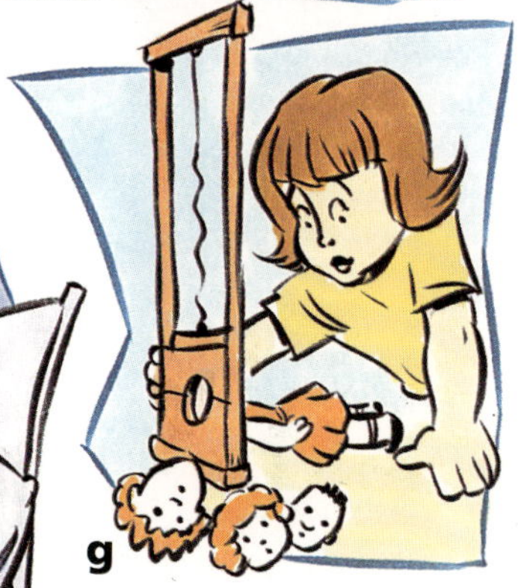

g

Lisette joue avec
son cadeau
d'anniversaire.

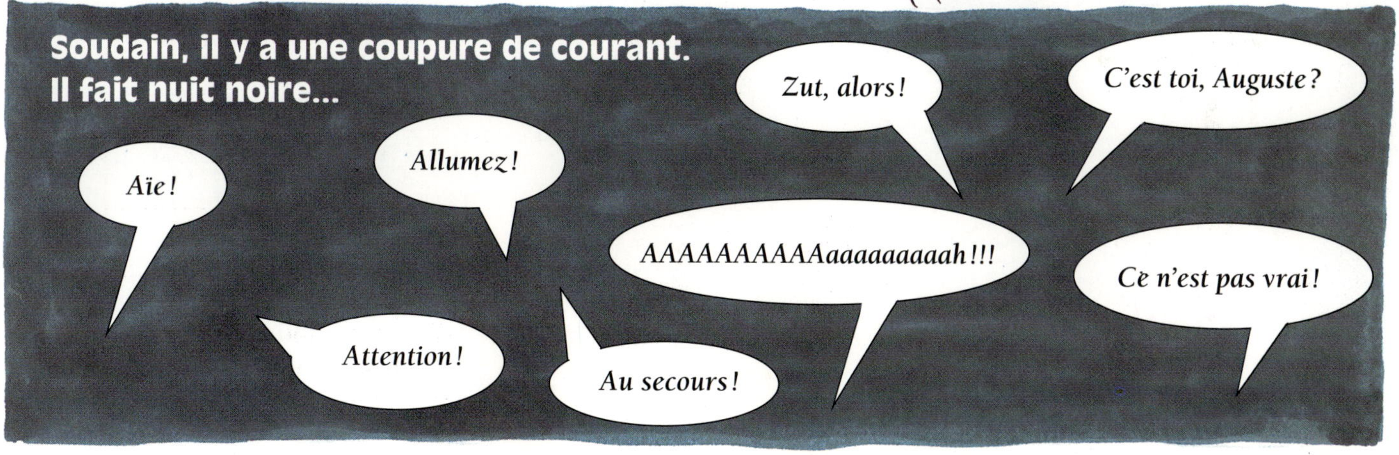

Soudain, il y a une coupure de courant.
Il fait nuit noire...

Aïe!

Allumez!

Zut, alors!

C'est toi, Auguste?

AAAAAAAAAaaaaaaaaaah!!!

Ce n'est pas vrai!

Attention!

Au secours!

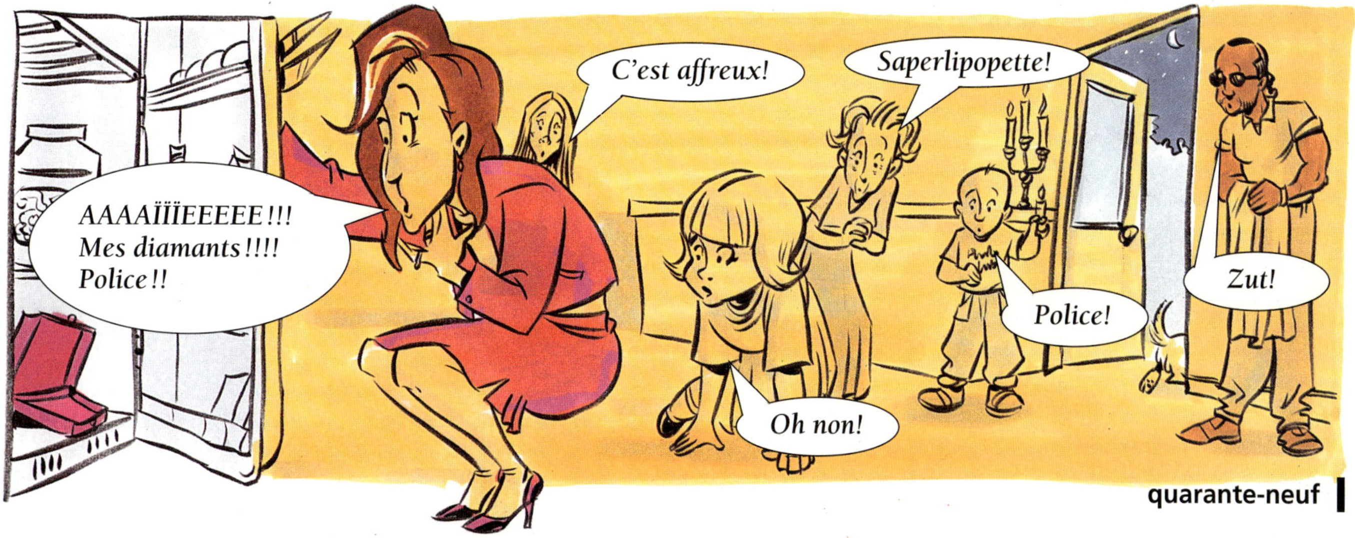

---

*AAAAïïïEEEEE!!!
Mes diamants!!!!
Police!!*

C'est affreux!

Saperlipopette!

Zut!

Oh non!

Police!

Commissaire Ledoux pose des questions

8. Tu comprends ? S4

1. Il est quelle heure ?
2. C'est l'anniversaire de qui ?
3. Que fait la grand-mère ? Et les autres ?
4. Soudain, il fait nuit noire. Pourquoi ?
5. Simone regarde dans le frigo. Qu'est-ce qu'elle cherche ?
6. Qui arrive à la porte ?
7. Qui a les diamants ? C'est un mystère. Trouve la solution.

9. « Police ! Ouvrez ! » P S4
Commissaire Ledoux arrive...

1. Écoute l'interview.
2. Travaille avec ton/ta partenaire.
   Vous préparez une interview avec un autre membre de la famille Fink.

10. Choisis 3 partenaires. G
Vous êtes un groupe de 4.

Imaginez la famille Pantagruel. C'est une famille bizarre.
Ils s'appellent comment ?
Ils ont quel âge ?

On est quel jour ?
Il est quelle heure ?
Qu'est-ce qu'on fait ?
Soudain...

Présentez les membres de la famille Pantagruel à la classe.

12

206 os, 100 000 cheveux et...

les cheveux

la tête

l'œil

les yeux

l'oreille

les dents

l'épaule

le nez

la bouche

le bras

le coude

le doigt

la main

le genou

---

1. Prends tes mesures !

Le basketteur mesure 1m 85.
Et toi ?
Il pèse 76 kilos.
Et toi ?
Il a des jambes de 98 centimètres.
Et toi ?
Il a des pieds de 33 centimètres.
Et toi ?
Sa tête mesure 53 centimètres.
Et toi ?

la jambe

le pied

2. Quelle est la taille moyenne des élèves de ta classe ?

Le corps humain

Il y a 206 os dans le corps humain.

le cerveau
Le cerveau d'un adulte pèse, en moyenne, 1,4 kg.

la peau
Affections de la peau : acné, boutons, eczéma, impétigo, verrues. Marques sur la peau : cicatrice, bleu.

la gorge
En anglais, on parle d'une grenouille dans la gorge. En français, on parle d'un chat dans la gorge.

les poumons
La superficie des 2 poumons est équivalente à la superficie d'un court de tennis.

le cœur
Le cœur est un muscle. Il bat, en moyenne, 60 à 70 fois par minute.

le sang
Il y a 4,5 litres de sang dans le corps humain.

les muscles
Il y a 650 muscles dans le corps humain.

les os
Il y a 31 os dans chaque jambe (y compris le pied) et 32 dans chaque bras (y compris la main).

la circulation du sang
Le sang circule dans les artères, les veines et les capillaires.

les nerfs
Le système nerveux central comprend le cerveau, la moelle épinière et les nerfs.

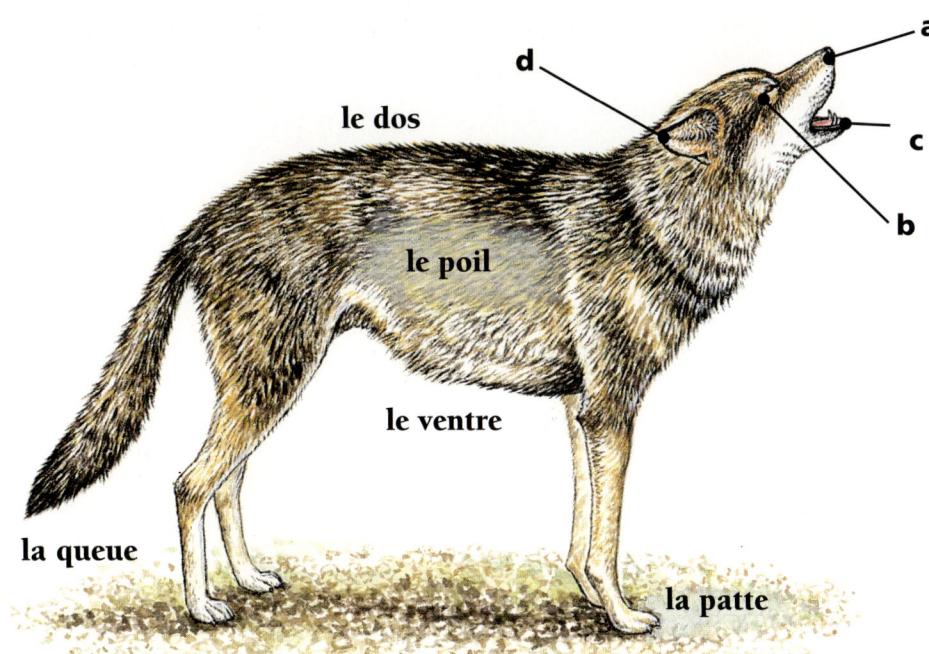

3. Qu'est-ce que c'est?

Exemple **a** C'est le nez.

le dos

le poil

le ventre

la queue

la patte

LOUP

Mammifère semblable au chien, mais toujours sauvage; assez grand; longueur 0 m 80. Chasseur insatiable. S'attaque aux grand mammifères, et même à l'homme. Presque disparu en Europe, subsiste en Sibérie, Afrique, Amérique.

POURQUOI?

On bâille.
« Waaah »

On bâille – pourquoi?

Quand on est très fatigué, le cerveau est fatigué aussi. Il manque d'oxygène. Pour oxygéner le cerveau, on ouvre la bouche – on bâille.

On ronfle.
« Zzzzz »

On ronfle – pourquoi?

Quand on dort, certains muscles dans le nez et dans la gorge se relâchent et quelquefois ils bloquent le passage de l'air. Des tourbillons turbulents d'air se forment. On entend ces tourbillons et on entend aussi les muscles qui battent légèrement.

On éternue.
« Atchoum »

On éternue – pourquoi?

... pour protéger ses poumons. Quand il y a de la poussière dans l'air, les muscles se contractent automatiquement. La pression monte et il y a une explosion – Atchoum!

On a le hoquet.
« Hic, hic »

On a le hoquet – pourquoi?

Quelquefois on perd son rythme respiratoire. L'air ne passe plus. On a le hoquet. Mais c'est encore un mystère... La science continue ses recherches.

On rote.
« Beurp »

On rote – pourquoi?

On avale de l'air quand, par exemple, on boit une boisson gazeuse. Le gaz carbonique monte et – houp-là!

Aïe ! J'ai mal !

4. Écoute et chante.

« Tête, épaules, genoux, pieds »

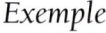

Qu'est-ce que tu as ?

J'ai mal à la gorge.

A
- Qu'est-ce que tu as ?

B
- J'ai mal au cœur.
- J'ai mal au pied.
- J'ai mal à l'épaule.
- J'ai mal à la gorge.
- J'ai mal à la tête.
- J'ai mal aux oreilles.

5. Parle avec ton/ta partenaire. P

Exemple

A : Qu'est-ce que tu as ?
B : J'ai mal à la jambe.

B

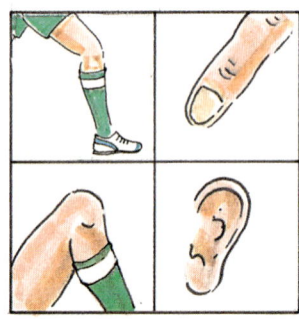

A

Maintenant, vous changez de rôles !

6. Tu es malade. Mime ta maladie. Le reste de la classe identifie ta maladie.

Exemple

TOI	Aïe ! Oh ! Ouille ! (tu mimes)
LA CLASSE	Qu'est-ce que tu as ? Tu as mal au pied ?
TOI	Non.
LA CLASSE	Tu as mal à la jambe ?
TOI	Non.
LA CLASSE	Tu as mal au genou ?
TOI	Oui.

7. Maintenant, travaille avec 2 partenaires. Vous êtes un groupe de 3. G
  A : Tu mimes 5 maladies.
  B et C : Vous identifiez les maladies.

Attention **B** et **C** ! Vous êtes en compétition.

Pour chaque mime, c'est le premier à répondre qui gagne le point.

*Puis c'est à **B** de mimer.*

8. Écoute les dialogues. Retrouve l'ordre des images.

Exemple 1 = **b**

a

b

c

d

Voici un doigt !

Oh là là !

Tu arrives. Tu cries :
« Eh ! Regarde ! Voici un doigt ! »

Tu ouvres une petite boîte. Dans la petite boîte il y a un doigt. Il est couvert de sang. Bizarre ! Bizarre ! Mystère... C'est magique ! C'est une bonne blague !

MATÉRIEL

Il faut : - une petite boîte avec un couvercle
- du coton
- du ketchup

INSTRUCTIONS

1. Fais un trou dans le fond de la boîte, comme ça...

2. Mets du coton dans la boîte.

3. Et maintenant, du ketchup...

4. Mets ton doigt dans le trou. Replie ton doigt.

5. Referme la boîte.

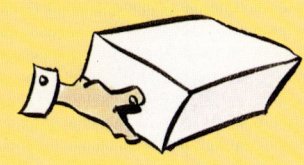

6. Et « Voici un doigt !! »

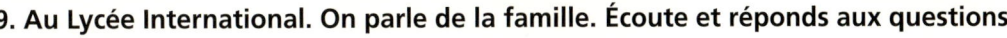

9. Au Lycée International. On parle de la famille. Écoute et réponds aux questions.

[12.4] [S4]

Adrien Matulic

1. Son père est français. Et sa mère ? Elle est...?
2. Il a combien de frères ?
3. Fabrice a quel âge ?

Nicole Ferrera

1. Sa mère est suisse-italienne. Et son père ?
2. Son père a quel âge ? Et sa mère ?
3. Nina, c'est sa sœur. Et Arno ? C'est...?

Piri Koman

1. Son père est turc. Et sa mère ?
2. Son père a quel âge ? Et sa mère ?
3. Il a combien de sœurs ?

Vanessa Bersani

1. Son père a quel âge ? Et sa mère ?
2. Elle a combien de frères ?
3. Ils ont quel âge ?

Dorothée Topin

1. Gérard, c'est son père. Et Gabrielle ? C'est...?
2. Elle a combien de frères ? Et de sœurs ?
3. Sébastien a 11 ans. Et Aurélie ?

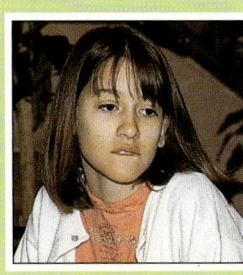

Cher Patrick,

J'attends ta visite impatiemment. Je vais te parler un peu de **ma** famille.

J'ai un frère et une sœur. **Mon** frère s'appelle Julien et il a 14 ans. Il fait beaucoup de sport – il n'est pas souvent à la maison!

Ma sœur s'appelle Nadia. Elle est très petite. Elle a seulement 6 ans.

Papa travaille dans une boutique en ville. C'est le patron. **Sa** boutique est à côté du cinéma. Maman travaille à la maison. **Son** bureau est dans le garage. Ils sont divorcés.

Alors, on est 4 à la maison, **mon** frère, **ma** sœur, **ma** mère et moi. Puis il y a aussi **mes** chats. J'ai deux chats. Ils s'appellent Napoléon et Joséphine!

Et toi? Parle-moi de **ta** famille. Tu as des animaux? Que fait **ton** père? Et **ta** mère? **Tes** parents sont sympa?

Amitiés,

Alice.

---

10. À toi! Tu choisis des phrases, tu complètes les phrases et tu écris une réponse à Alice.

Cannes, le 19 février
Chère 🖉
Je vais te parler de ma famille.
Je vais te parler de mes animaux.
J'ai 🖉 frère(s).
J'ai 🖉 sœur(s).
J'ai 🖉 chat(s).
J'ai 🖉 chien(s).
Je n'ai pas de 🖉
🖉 frère s'appelle 🖉
🖉 sœur s'appelle 🖉
🖉 chat s'appelle 🖉
🖉 chien s'appelle 🖉
🖉 frères s'appellent 🖉
🖉 sœurs s'appellent 🖉
🖉 chats s'appellent 🖉
🖉 chiens s'appellent 🖉
Écris-moi vite!
Viens me voir bientôt!
Et toi?
Grosses bises,
Amitiés,

Le mur n° 15 *Regarde et mémorise.* `12.5`

un garçon et son chien

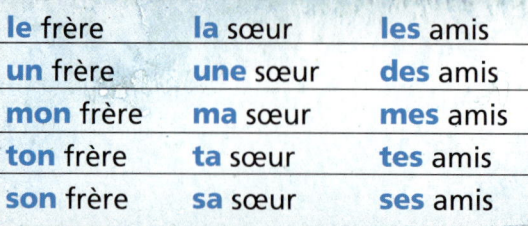

le frère	**la** sœur	**les** amis
un frère	**une** sœur	**des** amis
mon frère	**ma** sœur	**mes** amis
ton frère	**ta** sœur	**tes** amis
son frère	**sa** sœur	**ses** amis

une fille et son chien

un garçon et sa sœur

une fille et sa sœur

Attention!

une fille et son amie

LES VERBES

Le mur n° 16 *Regarde et mémorise.*

12.6

J' ai 11 ans.
Tu as quel âge ?
Il a une sœur.
Elle a mon stylo.
On a 20 francs.
Nous avons 90 secondes.
Vous avez un croque-monsieur ?
Ils ont deux frères.
Elles ont 12 et 13 ans.

avoir

Mur n° **23** p.85
ÊTRE et **FAIRE**

Tortilla !

G

1. Choisis 3 partenaires. Vous êtes un groupe de 4 : **A**, **B**, **C** et **D**.

2. Prenez 12 feuilles de papier (A4).

3. Écrivez un chiffre sur chaque feuille de papier :

60	70	80	90
61	71	81	91
62	72	82	92

4. Posez les feuilles de papier par terre comme ça...

5. Jouez à Tortilla !
   A et **B** jouent contre **C** et **D**. **A** et **C** jouent.
   B et **D** donnent les instructions.

Exemple
D : la main droite – 72
A : (Tu mets la main droite sur la carte 72.)
B : le pied gauche – 80
C : (Tu mets le pied gauche sur la carte 80.)
D : le pied droit – 91
A : (Tu laisses la main droite sur la carte 72 et tu mets le pied droit sur la carte 91.)

Attention ! Si tu tombes, tu perds.

13

La technologie, ce n'est pas mal

1. Regarde l'emploi du temps de Dorothée Topin et fais une liste des matières.

Dorothée a combien de cours de français ?
Et de technologie ? etc.

Exemple français : 4

2. Vrai ou faux ? Écris « V » ou « F ».

1. Le lundi à 11 h 45, Dorothée a allemand.
2. Le mardi à 9 h 00, elle a sciences physiques.
3. Le mercredi à 13 h 30, elle a anglais.
4. Le jeudi à 12 h 35, c'est le déjeuner.
5. Le vendredi à 15 h 20, elle a EPS.
6. Le samedi à 10 h 50, elle a maths.

3. Le mardi à 10 h 50, Dorothée a maths.

1. Et le jeudi à 14 h 25 ?
2. Et le lundi à 9 h 55 ?
3. Et le vendredi à 15 h 20 ?

4. Dorothée a sciences nat. le vendredi à 11 h 45.

1. Elle a français quand ?
2. Elle a maths quand ?
3. Elle a musique quand ?
4. Et toi ? Tu as français quand ?

EPS = éducation physique et sportive

EMPLOI DU TEMPS

Nom *Dorothée Topin* .... Classe 6ème 3

EXTERNE ☐ DEMI-PENSIONNAIRE .... ☑

Heures	9 h 00–9 h 50	9 h 55–10 h 45	10 h 50–11 h 40	11 h 45–12 h 35		13 h 30–14 h 20	14 h 25–15 h 15	15 h 20–16 h 10	16 h 15–17 h 05
lundi	anglais 108	musique D1	français 5	allemand 404		sciences nat. 406	sciences nat. 406	dessin 410	dessin 410
mardi	–	–	maths D1	maths D1	L E D É J E U N E R	français 216	français 216	sciences physiques 413	sciences physiques 413
mercredi	techno 316	techno 316	histoire-géo G18	musique D1		–	–	–	–
jeudi	anglais 408	anglais 408	EPS GYM1	EPS GYM1		histoire-géo G18	histoire-géo G18	techno 316	maths E2
vendredi	EPS GYM1	EPS GYM1	maths E2	sciences nat. 406	LE DÉJEUNER	allemand 404	allemand 404	techno 316	histoire-géo
samedi	éducation nationale 10	éducation nationale 10	français 216	anglais 408		Le responsable légal *Mme Topin*			

J'adore
l'anglais
parce que
c'est facile !

J'adore
la musique !

Je n'aime pas
l'histoire-géo.
C'est
ennuyeux.

J'aime
les maths.
C'est
intéressant.

J'aime
les sciences
physiques.

Je suis fort en
sciences
naturelles.

J'aime
le français.
C'est super.

J'adore
l'instruction
religieuse !

Je suis fort en
langues.
J'aime
l'allemand et
l'espagnol.

J'aime
le dessin. C'est
intéressant.

La techno,
ce n'est pas
mal.

Je déteste
l'EPS !
C'est nul.

5. Au Lycée International

La question, c'est : « Qu'est-ce que tu aimes comme matière scolaire ? »

Écoute et fais une liste des matières.

la techno	= la technologie
la géo	= la géographie
les sciences nat.	= les sciences naturelles
les maths	= les mathématiques

6. Écoute les jeunes du Lycée encore une fois.

Travaille avec ta liste des matières scolaires ou écris une nouvelle liste. Mets ✔ quand la personne aime une matière. Mets ✘ quand la personne n'aime pas une matière.

Exemples les maths ✘✘✘✘✘
l'allemand ✔✘

Quelles sont les matières préférées ?
Ce sont les maths et l'allemand ? Non !

7. Et toi? Tu aimes les maths? Tu aimes l'anglais? Qu'est-ce que tu aimes? P

1. Écris TES réponses dans ton cahier.

   Exemple
   J'aime l'allemand; c'est facile!
   Je n'aime pas le français; c'est difficile!
   J'adore le dessin; c'est ma matière préférée.
   Je déteste l'histoire-géo; c'est ennuyeux.
   Je suis nul en maths.

2. Change de cahier avec ton/ta partenaire.
   Lis les réponses de ton/ta partenaire. Y a-t-il des différences?

8. Fais un sondage.

Quelle est la matière préférée des filles de ta classe?

Quelle est la matière préférée des garçons de ta classe?

Quelle est la matière préférée de ta classe entière?

1. Dessine un tableau.
2. Écris toutes les matières scolaires et les prénoms des élèves de ton groupe.
3. Tu poses la question :
   « Quelle est ta matière préférée? »
   Coche les réponses sur le tableau.

9. Au collège Machiavel, dans le bureau de monsieur le directeur. S2

M. Humble, prof de maths, frappe à la porte.
M. Humble n'a pas de chaises; il n'a pas de tables, etc. Il a une liste.

1. Il faut combien de chaises, combien de tables, etc. pour M. Humble?
   Copie la liste et écoute l'interview.
   Note les quantités.

   Exemple des tables : 16

2. Que veut dire « placard »?
   Que veut dire « magnétoscope »?
   Cherche les mots dans le vocabulaire.

3. On dit **une** table et **un** cahier.
   Et ☆ placard?
   Et ☆ règle?
   C'est **un** ou **une**? Regarde dans le vocabulaire.

   Fais 2 colonnes – une colonne pour les mots avec **un** et une colonne pour les mots avec **une**. Copie la liste de M. Humble mais écris les mots dans les 2 colonnes.

Dans ma salle de classe, il faut :

des tables
des chaises
des règles
des crayons
un tableau noir
un magnétoscope
une télévision
des magnétophones
des cahiers
des placards
des micro-ordinateurs

10. Regarde le mur. Complète la phrase avec la préposition correcte.

Exemple
1. Le chat est sur le mur.

1. Le chat est ☆ le mur.
2. Le sac est ☆ le mur.
3. Le serpent est ☆ le sac.
4. Le chien est ☆ du mur.
5. La rue est ☆ le mur.
6. Les toilettes sont ☆ du mur.
7. Le mur est ☆ le chien et les toilettes.
8. L'école est ☆ du mur.
9. Le sac est ☆ du vélo.
10. Le vélo est ☆ l'affiche.

11. Où est le mur ? Tu trouves combien de réponses ?

Exemple
Le mur est derrière le vélo.

12. Copie et complète. Remplace les murs ■ par les prépositions correctes.

■ ma salle de classe, il y a 15 tables et 30 chaises. ■ la porte il y a 3 fenêtres. Au mur, ■ tableau noir, il y a des affiches. ■ la table du professeur, il y a un rétro-projecteur, et ■ la table il y a un grand placard. Le magnétophone et la télévision sont ■ le placard.

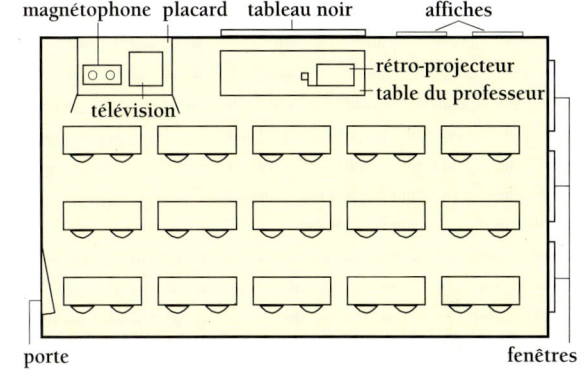

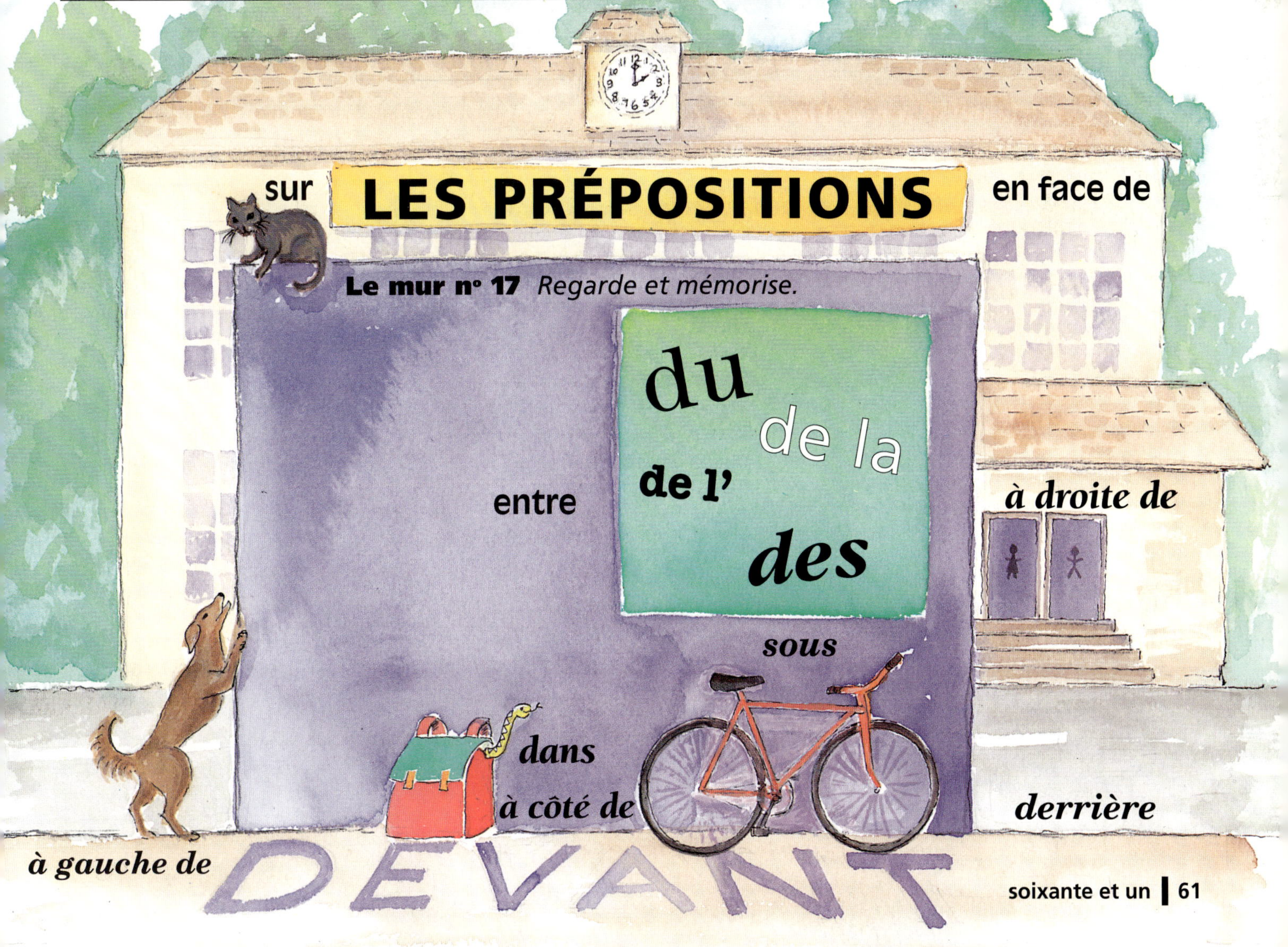

LES PRÉPOSITIONS

sur   en face de

Le mur nº 17 *Regarde et mémorise.*

du
de la
de l'
des
entre
sous
à droite de
dans
à côté de
derrière
à gauche de
DEVANT

13. Lis l'histoire. C'est l'histoire de Jo et Danny.

13.5

Voici des clés. Elles sont à vous?

Danny arrive à la banque à 23 h 50. La rue est déserte. Il attend dans la voiture. Il a 17 ans. Il a les cheveux noirs et les yeux marron. Il est très beau. Il a le look d'une pop star.

Il regarde dans son sac. « Une échelle de corde, un canif, une lampe de poche – et les clés. C'est tout! »

Cinq minutes plus tard, Jo, le frère de Danny, arrive à vélo. Jo est complètement différent. Il est assez petit et un peu gros. Il a les cheveux bruns et les yeux noirs. Il a une petite moustache. Jo ressemble à un gangster de Chicago. Il laisse son vélo dans la petite rue à côté de la banque. Il continue à pied.

À ce moment-là, une voiture de police passe par là. Jo regarde ses pieds et continue vers la banque...

Le petit café en face de la banque est ouvert. Il y a une seule cliente. C'est une femme d'environ 35 ans. Elle commande un café. Elle finit son café et regarde sa montre. Il est minuit. Elle parle au patron.

« Un croque-monsieur, s'il te plaît, Jean-Jacques! »

« Tu rigoles, Charlotte! Il est minuit. On ferme. »

La femme hausse les épaules, se lève et quitte le café. Le patron ferme la porte. Il éteint les lumières et monte l'escalier.

La femme marche dans la rue. Danny regarde la femme. Rien d'extraordinaire – elle a les cheveux bruns et elle porte des lunettes.

Danny descend de la voiture. Il retrouve son frère derrière la banque.

La femme hésite un instant, puis elle ramasse quelque chose par terre et elle va vers la gare.

Les deux frères montent l'escalier de secours jusqu'à une fenêtre au deuxième étage. Danny neutralise l'alarme et ouvre la fenêtre. Puis Jo attache l'échelle de corde. Danny passe la lampe de poche à son frère. Ils descendent l'échelle de corde et entrent dans la banque.

Jo allume la lampe de poche et éclaire l'intérieur. La porte de la chambre forte est à droite. Danny ouvre son sac et cherche les clés...

Rien... Il se lève; puis il regarde dans son sac encore une fois... Rien.

« Jo, mes clés! Elles ne sont pas là!! »

« Comment?!? Les clés??!!? Tu n'as pas les clés? Ce n'est pas vrai! »

« Je ne comprends pas! Ce n'est pas possible! »

Soudain, quelqu'un parle. Danny et Jo écoutent...

« Voici des clés. Elles sont à vous? »

Les deux frères lèvent les yeux. Par la fenêtre, on voit la tête de la femme aux cheveux bruns. À la main, elle a les clés de Danny.

Danny, furieux, répond : « Ça dépend. Vous êtes qui? »

La femme dit : « Vous voulez les clés? »

« Mais oui. Bien sûr. »

« Venez ici. »

« Donnez-moi les clés. Vite! »

« Montez l'échelle. »

« Mince! Vous êtes qui? »

« Je m'appelle Charlotte. Charlotte Simonot. Je suis le commissaire Charlotte Simonot. Et je vous présente mes amis, l'inspecteur Saoud et le sergent Lesage... »

14. L'histoire de Jo et Danny.

1. D'abord, trouve une légende pour chaque image.

Exemple **a.** Danny arrive à la banque.

- Danny arrive à la banque.
- Une voiture de police passe.
- Jo regarde ses pieds et continue vers la banque.
- La femme hausse les épaules, se lève et quitte le café.
- Danny neutralise l'alarme.
- Jo attache l'échelle de corde.
- Ils entrent dans la banque.
- Jo allume la lampe de poche et éclaire l'intérieur.
- Il cherche les clés.
- Les deux frères lèvent les yeux.
- À la main, elle a les clés de Danny.
- « Je vous présente mes amis. »

2. Puis, retrouve l'ordre des images.

15. Complète les phrases avec les verbes corrects.

Danny et Jo ☆ à la banque.
Danny ☆ la fenêtre et ils ☆ dans la banque.
Danny ☆ dans son sac.
« Tu ☆ quelque chose ? » dit Jo.
« Je ☆ les clés. »
À ce moment, la femme ☆. Elle ☆ par la fenêtre.
« Vous ☆ quelque chose ? »

arrive
arrivent
regarde
regarde
cherches
cherche
cherchez
ouvre
entrent

16. Dessine un plan de la rue. N'oublie pas le café, la banque, etc.

17. Challenge personnel

Maintenant, cache l'histoire. Écris dans ton cahier des mots et des phrases de l'histoire.

Un point pour chaque mot. Deux points pour chaque phrase correcte.

18. « Que veut dire ...? »

Utilise ta logique et ton bon sens, et relis l'histoire.

1. Que veut dire « marron »?
2. Que veut dire « gros » ?
3. Que veut dire « la rue » ?
4. Que veut dire « seule » ?
5. Que veut dire « quelque chose » ?

19. Choisis 10 à 15 mots difficiles dans l'histoire.

Cherche le sens des mots dans le vocabulaire. Apprends les mots par cœur.

20. Relis l'histoire et retrouve les prépositions.

21. Lis les phrases, et écris les verbes correctement.

Danny **arriver** à la banque.

Il **regarder** dans son sac.

Jo, le frère de Danny, **arriver** à vélo.

Il **laisser** son vélo dans la petite rue.

Il **continuer** à pied.

Une voiture de police **passer** par là.

Jo **regarder** ses pieds et **continuer** vers la banque.

Elle **regarder** sa montre.

Elle **parler** au patron.

On **fermer**.

La femme **hausser** les épaules, se lève et **quitter** le café.

Le patron **fermer** la porte et **monter** l'escalier.

Danny **regarder** la femme.

Elle **porter** des lunettes.

Danny **retrouver** son frère derrière la banque.

Danny **neutraliser** l'alarme.

Jo **attacher** l'échelle de corde.

Danny **passer** la lampe de poche à son frère.

Ils **entrer** dans la banque.

Jo **allumer** la lampe de poche.

Il **éclairer** l'intérieur.

Il **chercher** les clés...

Il **regarder** dans son sac encore une fois.

Soudain, quelqu'un **parler**.

Danny et Jo **écouter**.

Je vous **présenter** mes amis.

14

Mais, qu'est-ce que tu aimes faire?

1. Regarde le diagramme. Remplace chaque image par une phrase.

Exemple Je n'aime pas **faire mes devoirs.**

Qu'est-ce que tu aimes?

☆ J'aime le ketchup.
☆ J'aime l'allemand.
☆ J'aime le cricket.
☆ Je n'aime pas le jeudi.

Et, qu'est-ce que tu aimes **faire**?

☆ **J'aime...**

jouer au basket
jouer aux jeux vidéo
faire la cuisine
regarder la télé
dormir
aller en ville
faire du shopping
aller au théâtre
aller au cinéma
sortir avec mes amis
ranger ma chambre
faire des contrôles
sortir le chien
faire mes devoirs
visiter les musées
écouter de la musique
parler avec mes amis
faire du sport
lire
travailler au jardin
jouer au volley

**J'aime
Je n'aime pas
Je déteste
J'adore**

Le mur n° 18 *Regarde et mémorise.*

J'aime

le foot.

ET TOI?

J'aime

regarder le foot.

J'aime

jouer au foot.

2. Et toi? Dessine des diagrammes.

Qu'est-ce que TU aimes faire?
Qu'est-ce que TU adores faire?
Qu'est-ce que TU n'aimes pas faire?
Qu'est-ce que TU détestes faire?

3. Pose les mêmes questions à ton/ta partenaire et note ses réponses. [P]

Exemples
Ma partenaire aime jouer au basket; elle n'aime pas faire du shopping; etc.

Mon partenaire aime lire; il n'aime pas faire ses devoirs; etc.

4. Qu'est-ce qu'on aime faire dans ta classe? [13.4]

Fais un sondage. La question, c'est « Qu'est-ce que tu aimes faire? » Écris les résultats et fais un graphique ou un camembert.

Exemples

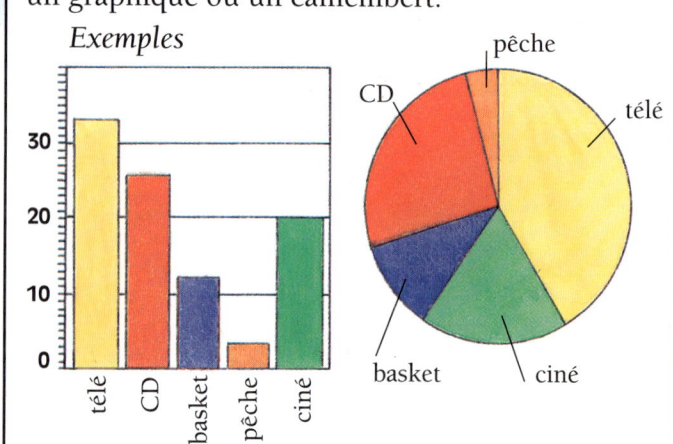

Boîte aux lettres

UN CADEAU SURPRISE POUR CHAQUE LETTRE PUBLIÉE.

**5. Tu cherches un correspondant?
Une correspondante?**

1. Écoute.

   Jamila Achoure
   Habib Neder
   Miguel Torrés
   Benjamin Chevillard

   Qu'est-ce qu'ils aiment faire?

   Exemple
   Jamila : elle aime collectionner des cartes de téléphone; elle aime jouer...

2. Choisis un correspondant ou une correspondante. Écris une lettre.

   Exemple

Chère Jamila,
Je cherche une correspondante
moi aussi. J'aime collectionner
des éléphants, mais je n'aime
pas le sport. J'adore la musique
rock et le jazz. Voici une carte
de téléphone pour ta collection.
C'est quand ton anniversaire?
Mon anniversaire, c'est le premier
mai!
Écris-moi vite.
À bientôt!
Ahab Patel

On fait du shopping

Vous désirez?

Je voudrais un collier fluo, s'il vous plaît.

Voilà. Ça fait 30 francs.

Merci. Au revoir.

A
- Je peux vous aider,
- Oui,
- Vous désirez,
- Qu'est-ce que je vous sers?

- monsieur?
- madame?
- mademoiselle?

B
- Je voudrais
- Avez-vous

- une revue
- un souvenir
- des bonbons
- une carte postale
- un tee-shirt
- une pellicule de 24 poses
- un porte-clés
- un collier fluo

- .
- ?

A Voilà.

B Ça fait combien, s'il vous plaît?

A Ça fait ... francs.

B Merci. Au revoir.

A Je vous en prie. Au revoir.

6. Parle avec ton/ta partenaire. P

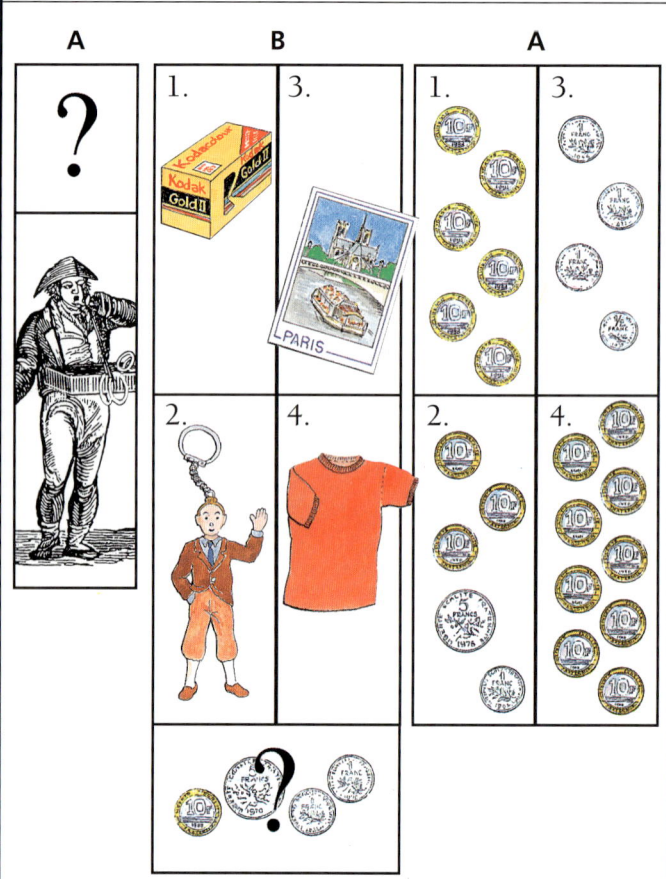

Maintenant, vous changez de rôles!

On fait du shopping

GUIDE PRATIQUE 5

Souvenirs de Paris

7. On fait du shopping.
Écoute les dialogues.
On paie combien ?
Écris un prix pour chaque article.

S2

Exemple **1** 17 F

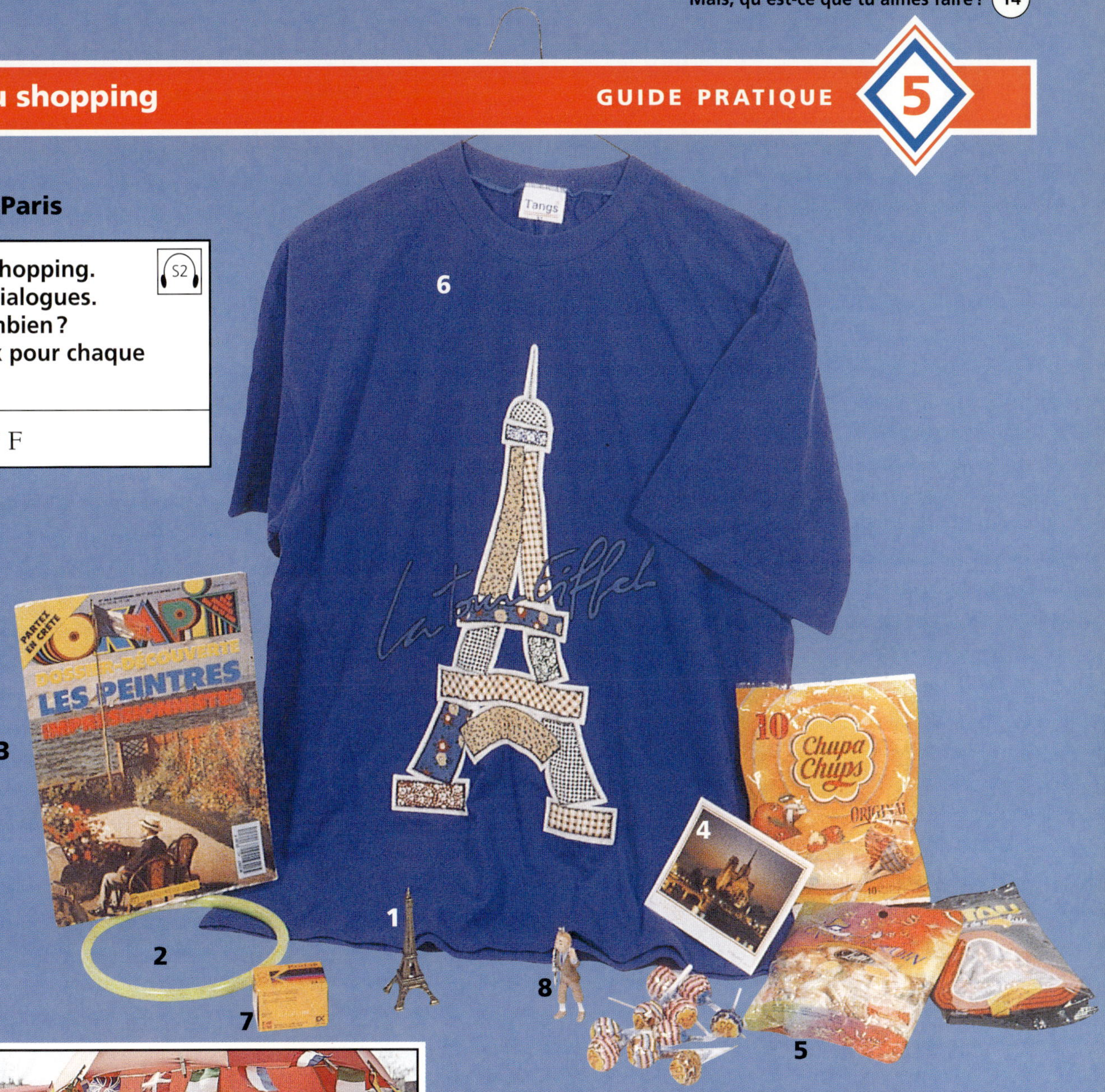

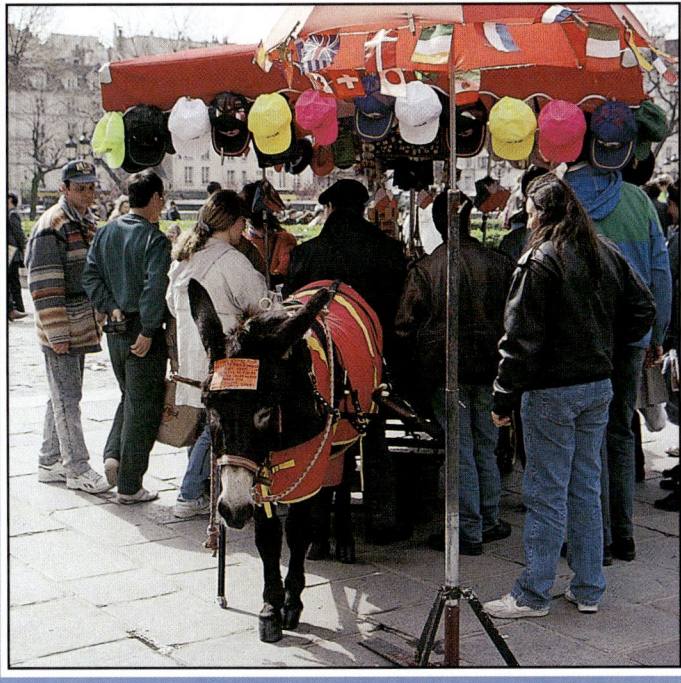

8. Vous êtes un groupe de 3.
Vous avez 6 minutes. Improvisez un sketch.

G

LA SCÈNE Dans un magasin.
LES PERSONNAGES **A** et **B** = les clients.
C = le commerçant.
DES IDÉES Je suis un touriste… Je ne comprends pas… C'est à qui ? … C'est à moi ! … Non, ce n'est pas vrai. C'est à moi.

9. Écoute Laura, Ben et Julie.

1. Lis les phrases. Vrai ou faux? Écris **V** ou **F**.

   1. Laura aime beaucoup sortir avec ses amis.
   2. Laura n'aime pas dormir.
   3. Ben adore écouter de la musique.
   4. Julie déteste jouer aux jeux vidéo.

2. Lis les questions. Puis, écoute encore une fois et réponds aux questions. Écris **L**, **B** ou **J**.

   1. Qui aime faire de la cuisine? Laura ou Julie?
   2. Qui n'aime pas lire? Ben ou Julie?
   3. Qui déteste visiter les musées? Laura ou Julie?
   4. Qui adore aller au cinéma? Ben ou Laura?

3. Lis les questions. Puis, écoute encore une fois et réponds aux questions. Écris **L**, **B** ou **J**.

   1. Qui n'aime pas aller en ville?
   2. Qui aime ranger sa chambre?
   3. Qui déteste faire des contrôles?
   4. Qui adore aller au théâtre?

10. Vidéo échange

Écoute. Si tu veux participer, écris une carte postale.

11. Didier Fink a mal.

1. Lis le dialogue.
2. Écoute le dialogue. Attention, c'est différent. Trouve et note les 13 différences.

PROF	Didier. Allez, fais tes devoirs!
DIDIER	Excusez-moi, monsieur. Je ne peux pas!
PROF	Et pourquoi? Qu'est-ce que tu as?
DIDIER	J'ai mal à la tête, monsieur.
PROF	Bon, eh bien, assieds-toi!
DIDIER	Je ne peux pas, monsieur. C'est impossible.
PROF	Pourquoi?
DIDIER	J'ai mal au dos et au genou.
PROF	Regarde, alors.
DIDIER	Oh, mais je ne peux pas, monsieur. J'ai mal aux yeux.
PROF	Ah. Tu as mal aux oreilles aussi?
DIDIER	Ah oui, oui, oui.
PROF	C'est dommage! Il y a un bon match de foot à la radio.
DIDIER	Oh, non, monsieur. Ça va maintenant.
PROF	Trop tard, Didier! Va à l'hôpital.

Le mur n° 19 *Regarde et mémorise.*

à

Je vais **au** match.   J'ai mal **au** pied.

Je vais **à la** piscine.   J'ai mal **à la** tête.

Je vais **à l'**église.   J'ai mal **à l'**épaule.

Je vais **aux** Pays-Bas.   J'ai mal **aux** oreilles.

à l'hôpital

15

Tu as un animal à la maison ?

Oui. J'ai une souris. Elle a mal à la tête.

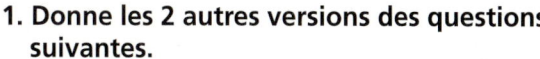

1. Donne les 2 autres versions des questions suivantes.

Exemple
Tu aimes le coca ? →
Est-ce que tu aimes le coca ? →
Aimes-tu le coca ?

1. Tu joues au volley ?
2. Tu fais du vélo ?
3. Tu écoutes du jazz ?
4. Tu regardes le sport à la télé ?
5. Tu lis des BD ?

**2. Travaille avec ton/ta partenaire.
Combien de questions différentes
pouvez-vous poser en 2 minutes ?**
A : Tu poses les questions.
B : Tu notes le score.

Exemples Tu fais du vélo ?
Fais-tu du vélo ?
Est-ce que tu fais du vélo ?

Tu vas à la piscine ?
Vas-tu à la piscine ?
Est-ce que tu vas à la piscine ?

Après 2 minutes, vous changez de rôles.

Le mur n° 20 *Regarde et mémorise.*

15.1

Tu t'appelles comment ?
Comment t'appelles-tu ?

Quel âge as-tu ?
Tu as quel âge ?

Où habites-tu ?
Tu habites où ?

Comment vous appelez-vous ?

Es-tu français ?
Tu es français ?
Est-ce que tu es français ?

Aimes-tu les jeux vidéo ?
Tu aimes les jeux vidéo ?
Est-ce que tu aimes
  les jeux vidéo ?

As-tu un animal à la maison ?
Tu as un animal à la maison ?
Est-ce que tu as un animal
  à la maison ?

EST-CE QUE TU AS UN

Oui, j'ai une chienne
et une petite chatte.
Ma chienne adore
la chatte. Elles
s'appellent Pistache
et Noisette.

Oui, j'ai un serpent,
une vipère. Elle mesure
un mètre exactement.

Oui, j'ai un lapin.
Il est gris et blanc.
Il s'appelle Snuffie.

Oui, j'ai un poisson
rouge.
Il s'appelle Arnaud.
Il mange des graines
pour poissons.

---

3. Au Lycée International : [S1]
Adrien, Piri, Caroline, Ariane,
Sophie, William et Julie.

un chien
une chienne
une souris
un cochon
d'Inde
un poisson
rouge

3 ans
2 ans
6 ans
9 ans
1 an

des croquettes
du pâté
de la salade
des biscuits
des céréales
des graines
du pain

Toby
Pompe
Klim
Vic
Philémon
Snoopy

La question, c'est : « As-tu un
animal à la maison ? »

Note les détails de chaque
animal. Qu'est-ce que c'est ?
Il/Elle s'appelle comment ?
Il/Elle a quel âge ? Qu'est-ce
qu'il/elle mange ? Qui n'a pas
d'animal ?

Le mur n° 21 *Regarde et mémorise.*

un lapin

un petit lapin

un petit lapin blanc

un petit lapin blanc avec une queue

un petit lapin blanc avec une petite queue

un petit lapin blanc avec une petite queue blanche

un petit lapin blanc avec une petite queue blanche et

un petit lapin blanc avec une petite queue blanche et

un petit lapin blanc avec une petite queue blanche et

un petit lapin blanc avec une petite queue blanche et

un petit lapin blanc avec une petite queue blanche et

un petit lapin blanc avec une petite queue blanche et

un petit lapin blanc avec une petite queue blanche et

ANIMAL À LA MAISON ?

Oui, j'ai deux chiens.
Un chien et une chienne.
Ils s'appellent Roméo et
Juliette. Ils ont 4 ans.

Oui, j'ai un grand
cheval.
J'adore les chevaux.

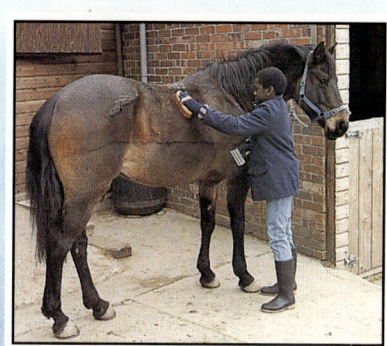

Oui, j'ai deux cochons
d'Inde angoras.
Ils ont les poils très longs.
Ils sont bruns et beiges.
Ils s'appellent Chipolata
et Figaro. Ils ont 3 ans.

Oui, j'ai deux rats
blancs.
Ils aiment jouer sur
mes épaules.

Oui, j'ai des poissons
tropicaux dans un
aquarium dans
ma chambre.

des yeux

des yeux rouges

de grands yeux

de grands yeux rouges

de grands yeux rouges et des oreilles

de grands yeux rouges et des oreilles noires

de grands yeux rouges et de longues oreilles noires

Oui, j'ai un canari.
Il s'appelle Chipie.
Il aime chanter, mais
il n'aime pas les chats.

Les animaux : trouve le bon itinéraire dans l'arbre.

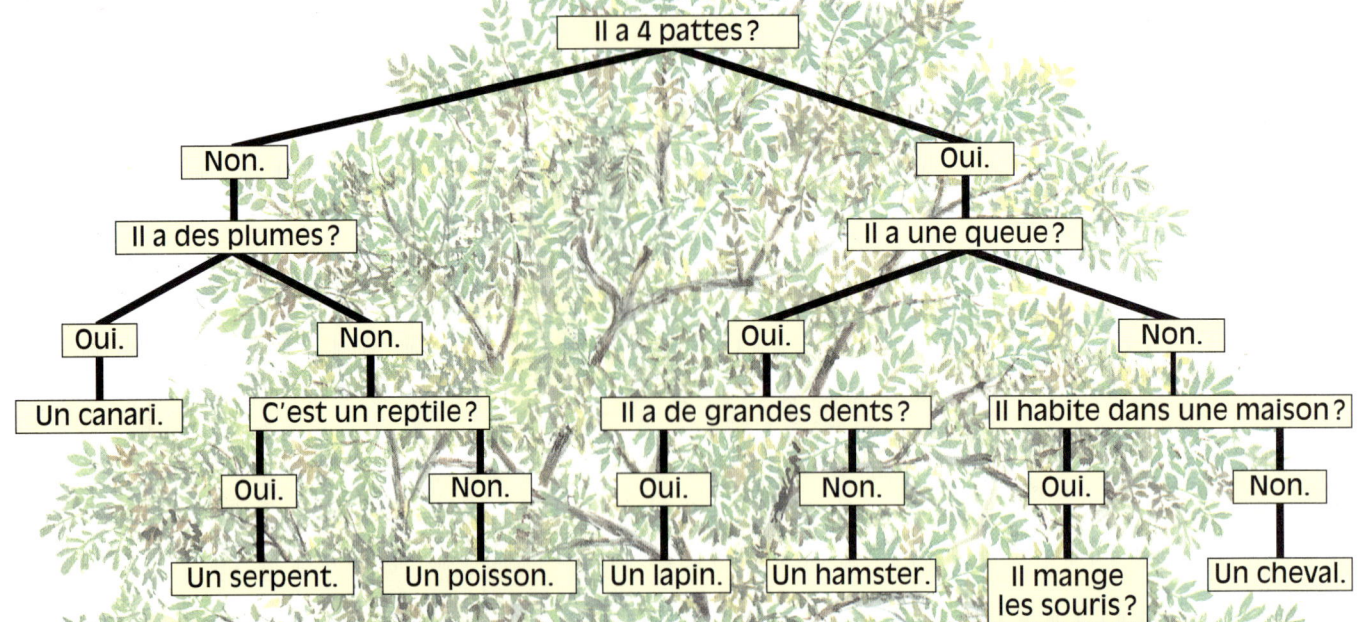

Il a 4 pattes?

Non.   Oui.

Il a des plumes?   Il a une queue?

Oui.   Non.   Oui.   Non.

Un canari.   C'est un reptile?   Il a de grandes dents?   Il habite dans une maison?

Oui.   Non.   Oui.   Non.   Oui.   Non.

Un serpent.   Un poisson.   Un lapin.   Un hamster.   Il mange les souris?   Un cheval.

Oui.   Non.

Un chat.   Un chien.

---

4. Trace un dialogue avec ton/ta partenaire. P

Exemple **A** : Il a 4 pattes ?   **B** : Non.
       A : Il a des plumes ?   **B** : Non.
       A : C'est un reptile ?   **B** : Oui.
       A : C'est un serpent ?   **B** : Oui.

---

5. Travaille avec 2 partenaires. Vous êtes un groupe de 3. G

A : Tu choisis un animal. C'est un secret. Tu réponds « Oui » ou « Non » aux questions de **B** et **C**.
B et **C** : Vous posez des questions. Vous êtes en compétition.
Un point pour la première réponse correcte.

Maintenant, vous changez de rôles.

---

6. Lis la description du serpent. Complète les phrases.

1. Un chat ✍ 4 pattes.
    ✍ une queue.
    ✍ dans une maison.
    ✍ des souris.

2. Un chien ✍ une queue.
    ✍ 4 ✍
    habite dans une ✍
    ✍ mange ✍ de souris.

a
ne
a
pattes
mange
pas
habite
a
maison
a

Un serpent n'a pas de pattes. Il n'a pas de plumes. Il n'a pas de queue. Il n'habite pas dans une maison. Il mange des souris. C'est un reptile.

Le Manoir aux Quatre Mystères

Épisode 2 : Le mystère de l'horloge normande

La porte 1

La porte 2

La porte 3

La porte 4

Il est onze heures... Il fait nuit noire...
Tu cherches le trésor perdu des Chevaliers de Beauvais. Tu fais du vélo. Tu es avec des amis/amies.

Tu arrives au Manoir aux Quatre Mystères. Il y a quatre portes énormes. Sur chaque porte, il y a un message codé.

Derrière les portes, il y a la niche du chien de garde, un long tunnel souterrain, le vestibule et le garage.

Tu entres dans le garage. Tu choisis quatre objets.
Tu arrives dans le vestibule...

1. Vrai ou faux ? Tu as 90 secondes !

1. Il est dix heures.
2. Je cherche mes amis/amies.
3. Je fais du cheval.
4. Je suis seul/seule.
5. Il y a quatre portes.
6. Il y a un message codé sur chaque porte.
7. J'entre dans le garage.
8. Je choisis six objets.

Bravo! Tu es dans le vestibule. Mais dans le vestibule, il y a quatre portes...

La porte 2

2

La porte 10

7

4

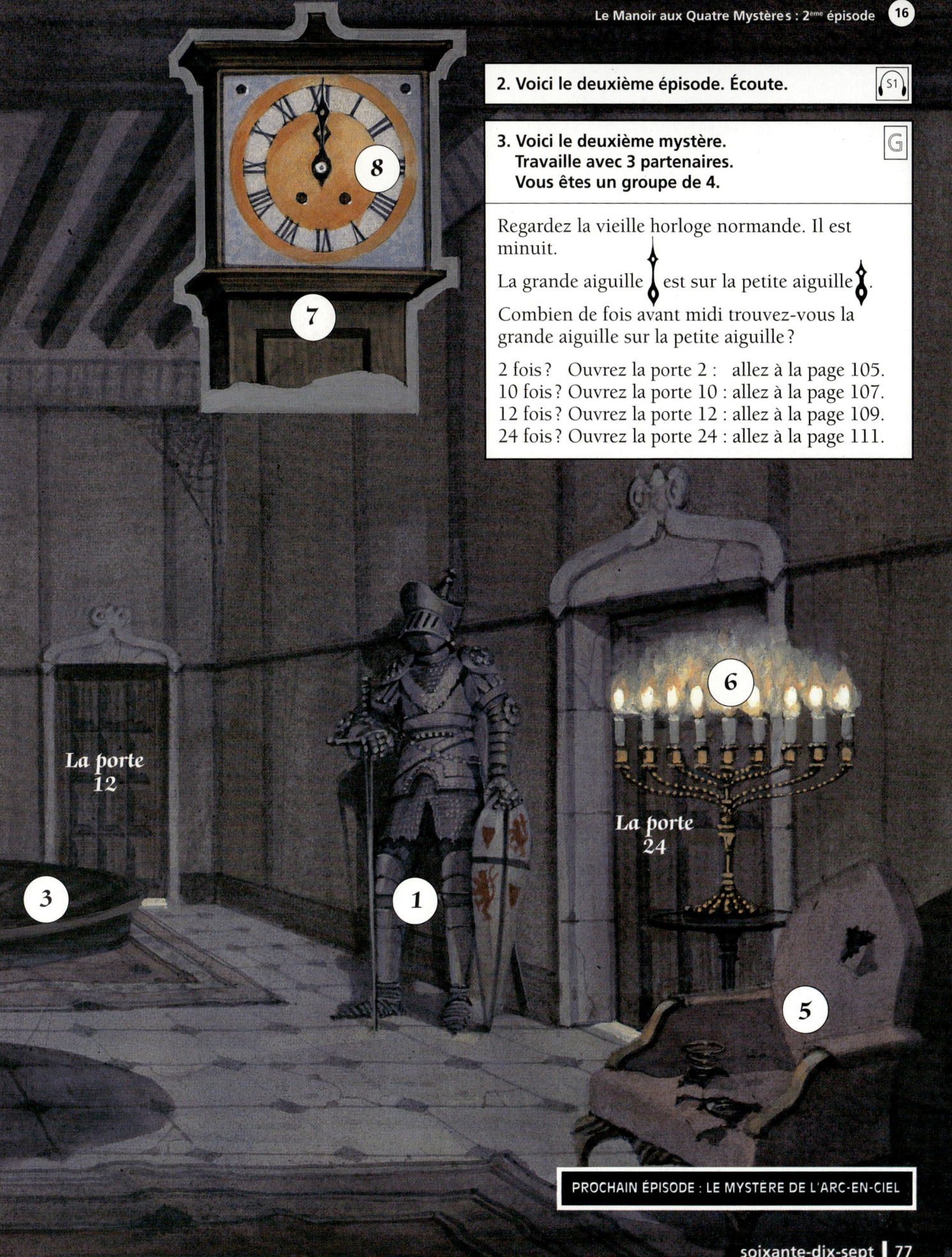

2. Voici le deuxième épisode. Écoute. 🎧 S1

3. Voici le deuxième mystère.
   Travaille avec 3 partenaires.
   Vous êtes un groupe de 4. Ⓖ

Regardez la vieille horloge normande. Il est minuit.

La grande aiguille ⧫ est sur la petite aiguille ⧫.

Combien de fois avant midi trouvez-vous la grande aiguille sur la petite aiguille ?

2 fois ?   Ouvrez la porte 2 :   allez à la page 105.
10 fois ? Ouvrez la porte 10 : allez à la page 107.
12 fois ? Ouvrez la porte 12 : allez à la page 109.
24 fois ? Ouvrez la porte 24 : allez à la page 111.

La porte
12

La porte
24

PROCHAIN ÉPISODE : LE MYSTERE DE L'ARC-EN-CIEL

LE MANOIR AUX QUATRE MYSTÈRES

ÉPISODE 2 : Le mystère de l'horloge normande

Tu es dans le vestibule du Manoir aux Quatre Mystères avec tes amis. C'est un vestibule immense.

Il y a quatre portes. Sur chaque porte, il y a un chiffre différent.

À droite, il y a une armure ① .

À gauche, il y a une peinture. C'est un portrait ② .

Au centre, il y a une grande table ronde ③ .
Au milieu de la table, il y a un paquet ④ .

Dans un coin, il y a un vieux fauteuil ⑤ à côté d'un grand chandelier ⑥ .

En face, il y a une vieille horloge normande ⑦ . Il est minuit. La grande aiguille ⑧ est sur la petite aiguille.

Tu trouves la solution du mystère et tu arrives dans la cuisine. Mais dans la cuisine, il y a quatre portes…

4. Maintenant, lis l'histoire.

Que veut dire :

une armure ?
une peinture ?
une grande table ronde ?
un paquet ?
un vieux fauteuil ?
un grand chandelier ?
une vieille horloge normande ?
une aiguille ?

Tu trouves les images ① à ⑧ aux pages 76 et 77. Cherche les mots dans le vocabulaire.

6. Devoirs : Relis toute l'histoire. Dessine le vestibule et ajoute les détails choisis par ton groupe.

7. Écoute et répète les phrases. Il est quelle heure ? Maintenant, écris l'heure.

Exemple 1. Il est sept heures.

8. Écoute et répète les phrases. Il est quelle heure ? Maintenant, écris l'heure.

Exemple 1. Il est deux heures quinze.

9. Écoute et répète les phrases. Il est quelle heure ? Maintenant, dessine l'heure.

Exemple 1. Il est deux heures et quart.

5. Travaille avec 3 partenaires. Vous êtes un groupe de 4. Inventez les détails de l'histoire.

1. Regardez le portrait.
   1. C'est un homme ou une femme ?
   2. Il/Elle s'appelle comment ?
   3. Il/Elle a quel âge ?
   4. Il/Elle est comment ?
      (Il/Elle a les cheveux...
      Il/Elle a les yeux...
      Il/Elle est...)
   5. C'est qui ? (Le propriétaire ?
      Son beau-père ? Sa fille ?)

2. Regardez le paquet.
   1. Il est comment ? (Il est petit/grand/
      immense, etc.)
   2. Il est de quelle couleur ?
   3. C'est pour qui ?
   4. Qu'est-ce qu'il y a dans le paquet ?

3. Le fauteuil est de quelle couleur ?

4. Le chandelier a combien de bougies ?

10. Ton animal est perdu ! Écris une affiche.

CHIEN PERDU

Il s'appelle Bruno,
parce qu'il est brun.
Il a 3 ans.
Il a de grands yeux bruns.
Il a une longue queue et
des oreilles énormes.
Il a de petites pattes blanches.
Il aime regarder la télé.
Il est adorable !

RÉCOMPENSE : 500 F
Nom : Tavet, M.
Adresse : 26, avenue du 14 Juillet,
Mulhouse
Tél : 68. 35. 92. 16

11. Regarde le mur n° 21 (pages 72–3).

1. Complète les adjectifs.

   1. J'ai un p☆ chien. Il a les yeux b☆ et il a une l☆ queue.

   2. Mon serpent est très l☆ et il est v☆. Il a les yeux r☆ et de g☆ dents.

   3. Mon chat est n☆. Il a une l☆ queue n☆ et de g☆ yeux v☆.

2. Choisis des adjectifs et écris la description de ton animal préféré.

12. Diabolo Club Ben et Laura au studio avec Monsieur Diabolo et Nestor.

Travaille avec 2 partenaires. Vous êtes un groupe de 3.
Écrivez une description des animaux de Ben et de Laura.
A : Tu écris les détails.
B et **C** : Vous aidez **A**.

13. Devoirs

Découpe, dans des revues, une image d'un animal. Fais une description. Écris un paragraphe.

14. Diabolo Club Jeu de nature

Il faut la feuille 16.4, un crayon et ton collecteur de points.

On pose la question : « Quelle est la durée de vie maximale des animaux ? »

Écoute bien. Il y a 3 réponses possibles. Encadre la réponse correcte.

Exemple l'homme / la femme   70 110 (120)

Tu as combien de points ? N'oublie pas : note ton score sur ton collecteur de points !

Le café	est	à côté	du	café.
Le cinéma		en face	de l'	cinéma.
Le collège		à gauche	de la	collège.
Le marché		à droite		marché.
Le musée				musée.
Le supermarché				supermarché.
L'hôpital				hôpital.
L'hôtel				hôtel.
La banque		devant	le	banque.
La boulangerie		derrière	la	boulangerie.
La gare			l'	gare.
La patinoire				patinoire.
La pharmacie				pharmacie.
La piscine				piscine.
La plage				plage.
La poste				poste.

15. Fais des phrases.

Exemples
La banque est devant le collège.
Le collège est à côté du cinéma.
La plage est derrière le cinéma.

16. Fais des phrases plus longues.

Exemple
Élève 1 : La poste est devant le café.
Élève 2 : La poste est devant le café
et en face du musée.
Élève 3 : La poste est devant le café
et en face du musée et derrière
le cinéma.
etc.

Mur n° 17

Qu'est-ce que tu vas faire demain ?

Je vais...	à midi	ce soir	demain	mercredi	pendant le week-end	pendant les vacances
sortir avec mes amis	✓			✓		
aller au match	✓					
faire du shopping				✓	✓	
écouter de la musique					✓	
promener le chien		✓				
aller à la piscine					✓	✓
faire du vélo						✓
parler avec mes amis	✓			✓		
aller au cinéma					✓	
aller à la pêche						✓
jouer au basket	✓	✓				
jouer aux jeux vidéo		✓		✓		

1. Questions et réponses.
Regarde la grille et parle avec ton/ta partenaire.
A : Tu poses les questions.
B : Tu réponds.

P

Exemples
A : Qu'est-ce que tu vas faire pendant le week-end ?
B : Je vais faire du shopping. Je vais...
A : Qu'est-ce que tu vas faire à midi ?
B : Je vais sortir avec mes amis. Je vais...
etc.

Maintenant, vous changez de rôles.

Le mur n° 22 *Regarde et mémorise.*

17.3

DEMAIN aller + infinitif

Je vais voir le film.

Je vais	ranger	ma chambre.
Tu vas	jouer	au tennis ?
Il va	faire	ses devoirs.
Elle va	jouer	de la guitare.
On va	avoir	un contrôle.
Nous allons	voir	un film.
Vous allez	regarder	le match ?
Ils vont	aller	à la plage.
Elles vont	manger	à la cantine.

Je vais travailler.

aller

---

2. Conversation à 3. Posez les questions. Vous avez 5 minutes.

Attention : Si tu parles en anglais, il faut chanter un vers de « Passe-moi le ketchup, s'il te plaît ! »

Qu'est-ce que tu vas faire à midi ? ...ce soir ? ...pendant le week-end ? ...pendant les vacances ? ...mercredi ? ...demain ?

3. Regarde le mur et complète les phrases avec les verbes corrects.

– Qu'est-ce que tu ☆ faire pendant le week-end ?
– Je ☆ faire du ski.
– Et ta sœur ?
– Elle ☆ rester à la maison.
– Et tes parents ?
– Ils ☆ faire du shopping à New York.

• • •

– Qu'est-ce que vous ☆ faire pendant les vacances ?
– On ☆ faire du vélo dans les Alpes.

4. Au Lycée International. On retrouve Dorothée et ses amis. La question, c'est : « Qu'est-ce que tu vas faire ? »

 S1

Vrai ou faux ?
C'est faux ? Alors, donne la version correcte.

À midi...

1. Dorothée va manger à la cantine.
2. Elle va faire ses devoirs dans la salle de classe.
3. Piri va monter dans la salle de français.
4. Damien va jouer au foot avec ses amis.

Ce soir...

5. Vanessa et Adrien vont voir un film d'aventures.

Demain...

6. Adrien va aller dans un restaurant chinois.

Pendant le week-end...

7. Nicole fait du vélo quand il fait froid.
8. Damien va jouer de la trompette dans un concert.

Pendant les vacances...

9. Dorothée va en Grèce avec sa sœur.
10. Damien va retourner en Italie.
11. Vanessa va à Cannes. Elle va aller à la plage, faire de la natation et jouer au tennis.
12. Adrien va aider son père dans la pharmacie.

Des dates clés du calendrier français

La Toussaint – on met des chrysanthèmes sur les tombes – le premier novembre.

Noël – fête chrétienne célébrée le vingt-cinq décembre pour commémorer la naissance de Jésus-Christ.

Pâques – entre le vingt-deux mars et le vingt-cinq avril ; fête chrétienne pour commémorer la résurrection de Jésus-Christ.

Le 8 Mai – pour commémorer la fin de la deuxième guerre mondiale en Europe.

La fête nationale – pour commémorer la prise de la Bastille – le quatorze juillet, 1789.

Poisson d'avril – le premier avril.

Pentecôte – fête chrétienne célébrée le septième dimanche après Pâques pour commémorer la descente du Saint-Esprit sur les apôtres.

Le jour des Rois – le six janvier – on mange un gâteau spécial (une galette) pour commémorer la visite des rois mages à Jésus.

Le jour de l'an – le premier jour de l'année, le premier janvier.

Baïram – fêtes musulmanes à la fin du mois de Ramadan (pendant Ramadan les musulmans ne mangent pas entre le lever et le coucher du soleil).

La fête du Travail – le premier mai.

La fête des Morts – le deux novembre ; pour commémorer les morts.

La fête de l'Assomption – les anges montent avec la Sainte Vierge au ciel – le quinze août.

Le jour de la Saint-Valentin – une fête pour les amoureux – le quatorze février.

La fête de l'Armistice – le onze novembre ; pour commémorer la fin de la première guerre mondiale.

Diwali – lors de la nouvelle lune, fin octobre/début novembre ; fête hindoue de la lumière ; on échange des cadeaux et il y a des feux d'artifice.

---

5. Lis les définitions. Fais attention aux dates et écris les fêtes dans l'ordre chronologique.

Exemple
1. Le jour de l'an : le 1er janvier.

---

6. Énigme !

Pose la question suivante à tes camarades :
« Quelle est la date de ton anniversaire ? »
Dans un groupe de 30 élèves, il y a, en moyenne, 2 élèves qui ont la même date d'anniversaire.

LES VERBES

Le mur n° 23 *Regarde et mémorise.*

17.5

être

Je **suis** français.
Tu **es** danois ?
Il **est** britannique.
Elle **est** espagnole.
On **est** le 27 avril.
Nous **sommes** dans le garage.
Vous **êtes** quatre.
Ils **sont** italiens.
Elles **sont** jumelles.

faire

Je **fais** la cuisine.
Tu **fais** du sport ?
Il **fait** de la natation.
Elle **fait** du cheval.
On **fait** ses devoirs.
Nous **faisons** du vélo.
Vous **faites** du ski ?
Ils **font** du jogging.
Elles **font** du sport.

avoir, p.57

« être ou ne pas être
telle est la question »

WILLIAM SHAKESPEARE

---

7. « être » et « faire » (1)   P

1. Choisis le verbe « être » ou « faire ».
2. Copie les formes du verbe sur un papier.
3. Prends des ciseaux.
4. Découpe tous les mots.
5. Donne les 18 mots à ton/ta partenaire.

| tu | je | nous | fais | sommes | es |

C'est à ton/ta partenaire de retrouver
l'ordre correct.

| je | fais | tu | es | nous | sommes |

8. « être » et « faire » (2)   P

1. Écris 4 phrases avec le verbe « être » et 4
   phrases avec le verbe « faire ».
   Attention ! N'écris pas le verbe.

2. Donne les phrases à ton/ta partenaire.
   Ton/ta partenaire complète les phrases.
   Exemple   **A** : Tu ... du vélo ?

   B : Tu *fais* du vélo ?

---

9. Expression libre

Invente une légende différente. Utilise « être »
ou « faire ».

Il fait nuit noire.

Il est minuit.

Je suis bien dans ma peau.

On fait la fête. Tu viens ?

Un ticket, s'il vous plaît

plein tarif	🪙🪙🪙🪙 F
tarif réduit	🪙🪙🪙 F
demi-tarif	🪙🪙 F
gratuit	0 F

A
- Oui ?
- Bonjour.
- Je peux vous aider ?
- Vous désirez ?

B

Un billet	• pour un/une adulte,	• s'il vous plaît.	• Ça fait
Un ticket	• pour un/une enfant,		combien ?
Un carnet			
Une entrée			

A
- Ça fait ... francs.
- C'est gratuit.

un ticket de métro

un carnet (=10 tickets)

10. Qu'est-ce qu'on achète ?

Combien de tickets, etc. ?
Combien d'adultes et combien d'enfants ?
Ça fait combien ?

Bonjour. Je peux vous aider ?

Deux entrées, s'il vous plaît.

Combien d'adultes et combien d'enfants ?

Un adulte et un chien, s'il vous plaît.

Ça fait 90 francs, s'il vous plaît.

Merci. Au revoir.

11. Parle avec ton/ta partenaire. [P]
A : Tu es l'employé/l'employée.
B : Tu es le client/la cliente.

1. A [?]
   B BUS 🚶
   A 6F

2. A [?]
   B TRAIN
   A 75F

3. A [?]
   B
   A 34F

4. A [?]
   B
   A 40F

Maintenant, vous changez de rôles !

12. Vous êtes un groupe de 5–6. Vous avez 6 minutes. Improvisez un sketch. G

LE TEMPS : Il pleut.
LA SCÈNE : Des amis/amies vont aller en ville. Mais où ? Après, ils parlent du film / du concert / de l'excursion. Le nom du film ? du groupe ?
LES PERSONNAGES : Des amis/amies – noms ? prénoms ?
DES IDÉES : On va sortir ?... On va où ?... On va en ville ?... Tu rigoles !... Ce n'est pas vrai !... Bonne idée !... Tu aimes... ?... Quelle heure est-il ?... Tu es en retard.... Bof.... C'est génial/nul, n'est-ce pas ? Tu as mon argent ?

Le Manoir aux Quatre Mystères

Épisode 3 : Le mystère de l'arc-en-ciel

1. Travaille avec ton/ta partenaire. Vous décodez le texte. P

tuesdanslevestibuleduManoir
auxQuatreMystèresavectesamistu
cherchesletrésorperdudesChevaliers
deBeauvaisc'estunvestibuleimmenseil
yaquatreportesàdroiteilyaunearmure
àgaucheilyaunportraitaucentreilya
unegrandetablerondeaumilieudela
tableilyaunpaquetenfaceilyaunevieille
horlogenormandeilestminuittu
trouveslasolutiondumystèretu
choisislaporte10tuarrivesdanslacuisine

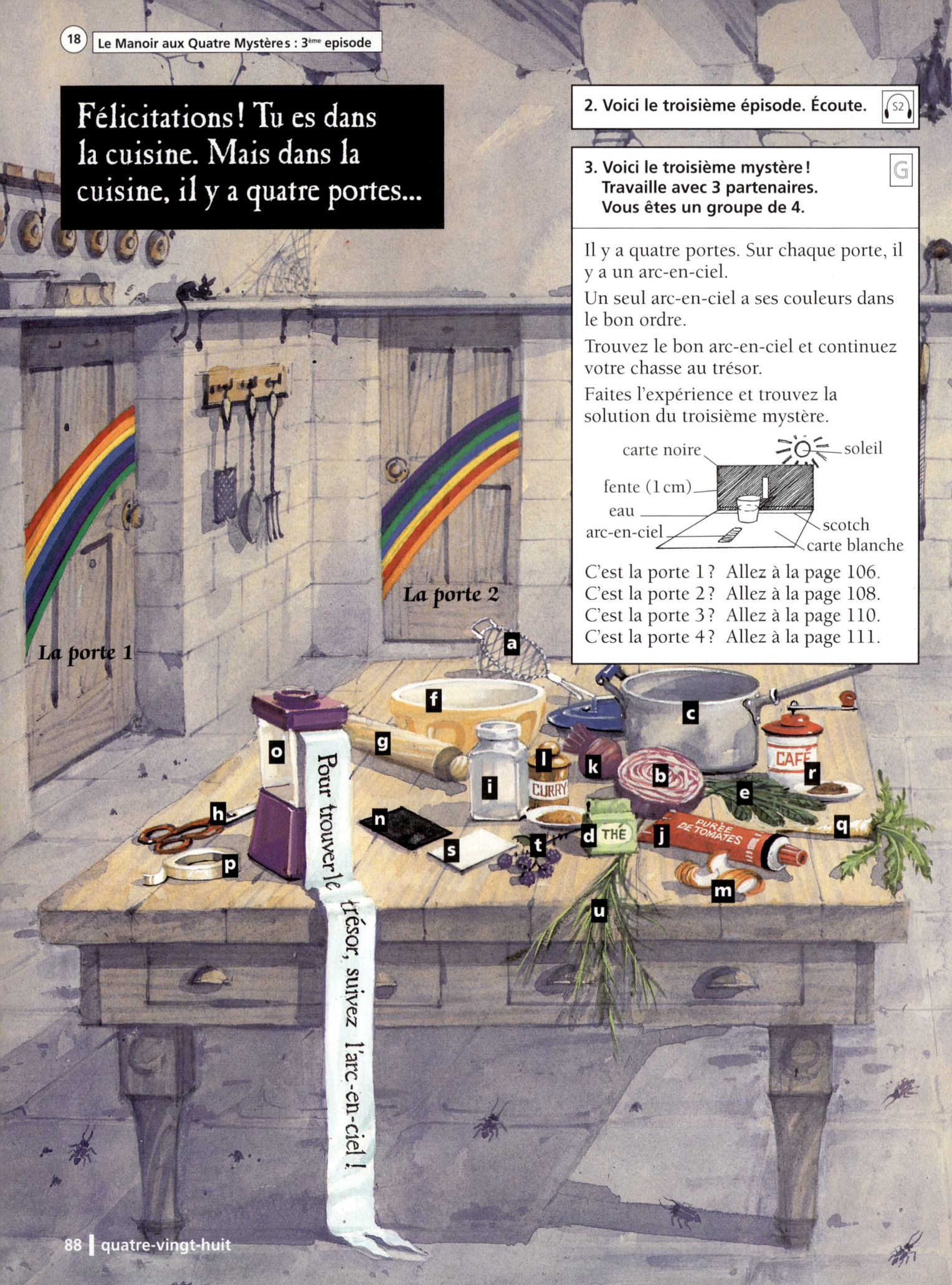

Félicitations! Tu es dans la cuisine. Mais dans la cuisine, il y a quatre portes...

2. Voici le troisième épisode. Écoute. S2

3. Voici le troisième mystère !
Travaille avec 3 partenaires.
Vous êtes un groupe de 4. G

Il y a quatre portes. Sur chaque porte, il y a un arc-en-ciel.

Un seul arc-en-ciel a ses couleurs dans le bon ordre.

Trouvez le bon arc-en-ciel et continuez votre chasse au trésor.

Faites l'expérience et trouvez la solution du troisième mystère.

carte noire   soleil
fente (1 cm)
eau
arc-en-ciel   scotch
                carte blanche

C'est la porte 1 ? Allez à la page 106.
C'est la porte 2 ? Allez à la page 108.
C'est la porte 3 ? Allez à la page 110.
C'est la porte 4 ? Allez à la page 111.

La porte 2

La porte 1

Pour trouver le trésor, suivez l'arc-en-ciel !

La porte 3

La porte 4

4. Les couleurs naturelles. Comment peut-on faire les couleurs sans produits chimiques ?

1. Regarde le tableau.
2. Cherche les mots dans le vocabulaire.
3. Trouve une couleur pour chaque lettre.
   Exemple **A** = jaune

Fais les expériences, si tu veux !

vert
brun
rouge
bleu
violet/bleu
jaune

ATTENTION

couper

faire bouillir

Demande à un adulte de t'aider.

INGRÉDIENT	laver	couper	moudre	ajouter de l'eau	réduire en pulpe	faire bouillir	égoutter	couleur
racines de pissenlit	✔	✔		✔		✔	✔	A
du curry				✔				A
chou rouge	✔	✔		✔		✔	✔	B
mûres	✔			✔	✔	✔	✔	C
betteraves	✔	✔		✔		✔	✔	D
purée de tomates				✔				D
thé, café moulu				✔		✔	✔	E
peaux d'oignons				✔		✔		E
épinards	✔	✔		✔	✔		✔	F
de l'herbe	✔	✔	✔	✔	✔	✔	✔	F

PROCHAIN ÉPISODE : LE MYSTÈRE DES CHASSEURS DE TRÉSOR

LE MANOIR AUX QUATRE MYSTÈRES
ÉPISODE 3 : Le mystère de l'arc-en-ciel

C'est une cuisine ancienne et très sale. Il y a des cafards 🐜 partout. Tu remarques une famille de chauves-souris. Elles dorment au plafond 🦇 .

Il y a une très petite fenêtre. Tu regardes par la fenêtre. Qu'est-ce que tu vois ?

Au milieu de la cuisine, il y a une grande table. Sur la table, tu vois :

1. un bol
2. une carte blanche
3. une carte noire
4. une casserole
5. des ciseaux
6. un mixeur
7. une passoire
8. un pot vide
9. un rouleau à pâtisserie
10. du scotch

À côté de la casserole, il y a :

· une betterave
· du café moulu
· du chou rouge
· du curry
· des épinards
· de l'herbe
· des mûres
· la peau d'un oignon
· la racine d'un pissenlit
· du thé
· un tube de purée de tomates

Dans le mixeur, il y a un message :

« Pour trouver le trésor, suivez l'arc-en-ciel ! »

Qu'est-ce que ça veut dire ? Quel mystère !

---

5. Maintenant, lis l'histoire.

1. Regarde la liste des objets 1–10 et trouve les bonnes images à la page 88.
   Exemple 1.= **f**
2. Qu'est-ce que tu aimes manger ?
   Tu aimes les betteraves ?
   Tu aimes les épinards ?
   Tu aimes le curry ? le café ? le chou rouge ? les mûres ? les oignons ? le thé ? la purée de tomates ? Fais une liste.

Qu'est-ce que tu n'aimes pas manger ? Fais une deuxième liste.

6. Jeu de Kim. Par équipes de 2. Vous avez une minute. P

1. Regardez et mémorisez les objets sur la table.
2. Fermez votre livre.
3. Faites une liste des objets (écrivez ou dessinez). Vous avez combien d'objets dans votre liste ?

7. Lis la recette. Tu aimes le pain à l'ail ?

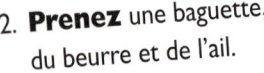

Pour faire un bon pain à l'ail

1. **Lavez-vous** *les mains* !
2. **Prenez** une baguette, du beurre et de l'ail.
3. **Pressez** l'ail.
4. **Mélangez** l'ail et le beurre.
5. **Coupez** la baguette, mais pas complètement.
6. **Tartinez** les tranches avec le beurre et l'ail.
7. **Enveloppez** la baguette dans du papier aluminium.
8. **Mettez** le paquet dans un four chaud. **Comptez** 5-8 minutes.
9. Enfin, **mangez**. C'est délicieux !

19

Lueur Noire
La tournée

En hiver, c'est les vacances pour Lueur Noire – les vacances de ski.

Au printemps, c'est le travail. La tournée commence à Lille au mois d'avril.

En été, le groupe va traverser l'Europe et l'Afrique du Nord.

En automne, le groupe travaille en studio pour un nouveau disque.

Diabolo Club retrouve Lueur Noire à l'Arche de la Défense à Paris.

Interview : Lueur Noire

NOM ? Kersulac
PRÉNOM ? David
DOMICILE ? Crépy-en-Valois
ANNIVERSAIRE ? le 12 février
ÂGE ? 23 ans
AIME ? promener mes chiens
LANGUES ? français uniquement
INSTRUMENT ? la voix
FIANCÉE ? oui – Séverine, 22 ans

NOM ? Ricard
PRÉNOM ? Gaëtan
DOMICILE ? Crépy-en-Valois
ANNIVERSAIRE ? le 22 juin
ÂGE ? 19 ans
AIME ? le sport (le handball, le jogging) et la musique (même la musique classique !)
LANGUES ? français, allemand, anglais, espagnol
INSTRUMENT ? la trompette
FIANCÉE ? non – célibataire

NOM ? Connell
PRÉNOM ? Wilfrid (Willy)
DOMICILE ? Gondreville
ANNIVERSAIRE ? le 20 juillet
ÂGE ? 22 ans
AIME ? écouter de la musique (du rhythm 'n' blues ; du blues)
LANGUES ? français, anglais
INSTRUMENT ? la guitare
FIANCÉE ? oui – Valérie, 23 ans

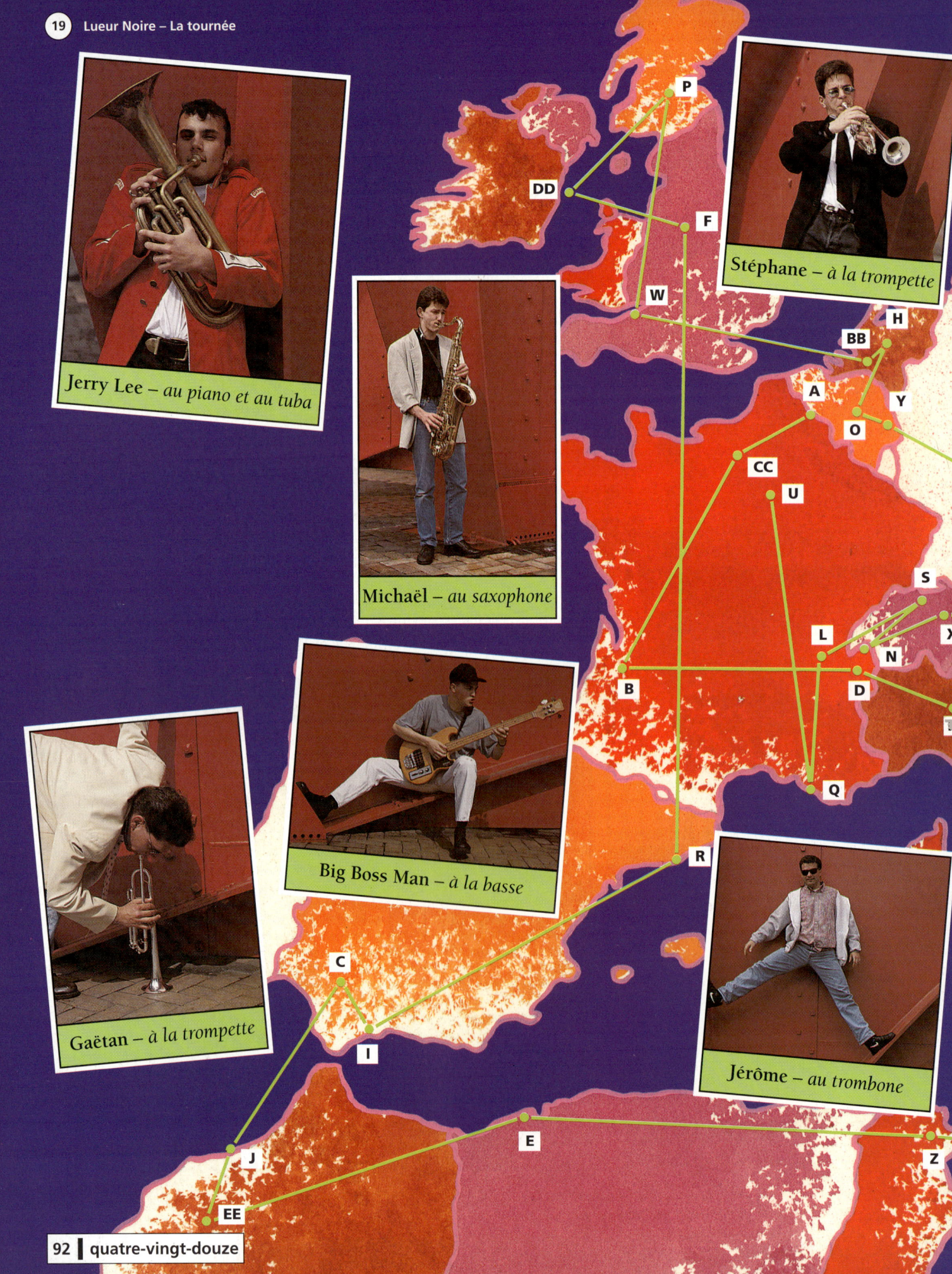

Jerry Lee – *au piano et au tuba*

Michaël – *au saxophone*

Stéphane – *à la trompette*

Big Boss Man – *à la basse*

Gaëtan – *à la trompette*

Jérôme – *au trombone*

Virginie – *au saxophone*

Willy – *à la guitare*

David – *au micro*

Muppet – *à la batterie*

1. Trouve les villes.

Exemple Lille – **A**
Rouen – **CC**

La tournée !

LA FRANCE
- Lille 5, 7 avril
- Rouen 8 avril
- Bordeaux 9, 12 avril
- Annecy 14, 15 avril

L'ITALIE
- Milan 17, 19 avril
- Venise 21, 22 avril

LA GRÈCE
- Athènes 25, 27 avril
- Rhodes 1er mai

LA TUNISIE
- Tunis 3–5 mai

L'ALGÉRIE
- Oran 7–9 mai

LE MAROC
- Marrakech 12–15 mai
- Casablanca 16 mai

L'ESPAGNE
- Séville 19–20 mai
- Marbella 24, 27–29 mai
- Barcelone 1er–3 juin

L'ANGLETERRE
- Manchester 5 juin

L'IRLANDE
- Dublin 7 juin

L' ÉCOSSE
- Glasgow 10 juin

LE PAYS DE GALLES
- Newport 12 juin

LES PAYS-BAS
- Rotterdam 15–18 juin
- Amsterdam 19–21 juin

LA BELGIQUE
- Bruxelles 24–30 juin
- Liège 1er juillet

L'AUTRICHE
- Vienne 2, 3 juillet

LA HONGRIE
- Budapest 6 juillet

LA SUISSE
- Zurich 12 juillet
- Genève 14, 15 juillet
- Bâle 21 juillet

LA FRANCE
- Lyon 22, 23 juillet
- Marseille 24 juillet
- Paris 27 juillet – 1er août

Prénom					Anniversaire
Gaëtan	bruns	bruns	1 m 75	77 kg	le 22 juin
Big Boss Man	blonds	marron	1 m 78	80 kg	le 16 avril
Virginie	bruns	verts	1 m 70	65 kg	le 27 septembre
Muppet	bruns	bruns	1 m 79	63 kg	le 10 juillet
Michaël	blonds	verts	1 m 68	55 kg	le 5 janvier
Jerry Lee	noirs	noirs	1 m 70	67 kg	le 12 novembre
Wilfrid	bruns	bleus	1 m 74	60 kg	le 20 juillet
Stéphane	bruns	bleus	1 m 77	70 kg	le 11 janvier
David	bruns	marron	1 m 70	69 kg	le 12 février
Jérôme	bruns	bruns	1 m 80	75 kg	le 12 mai
Choker, *la mascotte du groupe*	le poil brun	bruns	80 cm	15 kg	?

Aime	Déteste	Langues
		français, anglais, allemand, espagnol
		français, anglais
		français, italien
		français, allemand, anglais
		français uniquement
		français, espagnol
		français, anglais
		français, espagnol, grec, arabe
		français uniquement
		français, anglais
		français uniquement !

2. Regarde le tableau et écris un paragraphe pour chaque membre de Lueur Noire.

Exemple
Gaëtan **a les cheveux** bruns **et les yeux** bruns. Il **mesure** 1m 75 et il **pèse** 77kg. **Son anniversaire, c'est** le 22 juin. Il **aime** le lait et le jogging, **mais** il **n'aime pas** les hamburgers. Il **parle** français, allemand, anglais et espagnol.

3. Écoute et identifie les membres de Lueur Noire. Monsieur A, c'est Gaëtan. Mais Monsieur B, c'est… ?

4. *Diabolo Club* **parle à Wilfrid, David et Gaëtan.**

1. Qu'est-ce qu'ils aiment boire ou manger ? Qu'est-ce qu'ils n'aiment pas ? Écoute.

2. Maintenant à toi. Qu'est-ce que tu aimes manger ou boire ? Qu'est-ce que tu n'aimes pas manger ou boire ?

Exemple
J'aime les épinards. Je n'aime pas le camembert.
J'aime le thé. Je n'aime pas la limonade.

Tu aimes les oignons ?

Et le café moulu ?	l'ail ?
la salade ?	le lait ?
la soupe de poissons ?	le vin ?
les pistaches ?	le jus de pomme ?

Tu ne sais pas ? Eh bien, tu dis « Je ne sais pas ». Tu ne comprends pas ? Eh bien, cherche les mots dans le vocabulaire.

5. Devoirs : Fais des recherches.

Trouve une photo pour chaque instrument de musique.

le piano	la batterie
le saxophone	la clarinette
le sitar	la flûte
le synthétiseur	la flûte à bec
le violon	la guitare
la basse	la trompette

Le mur nº 24 *Regarde et mémorise.*

QUEL ?

Quel est votre nom ?
Quel est votre prénom ?
Quelle est la date de votre anniversaire ?
De **quelle** couleur sont vos cheveux ?
De **quelle** couleur sont vos yeux ?
Quelle est votre taille ?
Quel est votre poids ?
Vous parlez **quelles** langues ?
Vous aimez **quels** sports ?

---

6.  **Jeu musical** `6.7` `S4`

Il faut du papier, un stylo et ton collecteur de points.

C'est le dernier jeu du Diabolo Club. Qui va être le champion / la championne ?

Écoute la musique et identifie l'instrument.

Tu as combien de points ? Totalise tous les points sur ton collecteur. Quel est ton score ?

---

7. Devoirs : Prépare une liste de questions avec « quel », « quelle », « quels » ou « quelles ».

---

8. Travaille avec 2 partenaires. Vous êtes un groupe de 3. Combien de questions peux-tu poser en 2 minutes ? `G`
A : Tu poses les questions.
B : Tu réponds aux questions.
C : Tu notes le score.

Attention **C** ! Enlève un point si **A** ou **B** parle en anglais.

---

9.  **Quel est ton groupe préféré ?** `19.5`

Complète le Grand Référendum des membres du Diabolo Club.

---

10. Quelle famille !

La famille Fink a beaucoup d'animaux à la maison. Mais Simone Fink, la mère de Lisette, a une allergie.

La scène : Le café Debussy.
Les personnages : Mme Fink, Commissaire Ledoux et Princesse.

Copie la liste des membres de la famille Fink.

Auguste	Simone	Lisette
Séverine	Claire	Didier
Raymond		

Écoute et complète la liste avec les animaux.

Exemple Didier : 3 serpents

JEUX Timbrés

Qu'est-ce que c'est ?
Identifie l'image.

Instrument
Tu joues d'un instrument de musique ?

Carré magique
Quels sont les chiffres qui manquent ? Le chiffre magique, c'est 15.

Mot caché
Trouve le mot de 4 lettres.

Temps libre
Qu'est-ce qu'on fait ?

Message
Décode le message.

Erreur
Quelle est la phrase correcte ?

Joue avec ton/ta partenaire. P

Exemple

A : Tu lis les instructions pour la case numéro 1.
Tu dis : «Quels sont les chiffres qui manquent ?»
B : Tu réponds.
C'est correct ? Tu gagnes un point et tu continues.
C'est faux ? Ton/ta partenaire continue.

Quel temps fait-il ?

Calcul
Ça fait combien ?

DÉPART

Case 1 — Carré magique
4	9	
3	5	7
8		6

Case 2 — Message : B_N___R

Case 3 — Calcul : 13 × 2 = ?

Case 4 — Instrument

Case 5 — Mot caché
B	C	Z	T
X	H	B	L
L	A	A	S
Y	T	M	S

Case 12 — Mot caché
P	T	A	K
R	E	M	L
Y	E	U	X
M	F	O	D

Case 11 — Qu'est-ce que c'est ?

Case 10 — Carré magique
6	1	
	5	3
2	9	4

Case 9 — Instrument

Case 8 — Temps libre

Case 7 — Calcul : 16 − 9 = ?

Case 6 — Message : $ – – A ?

Case 13 — Calcul : 47 − 23 = ?

Case 14 — Message : T_ _AI_ _ D_Lo?

Case 15 — Instrument

Case 16 — Mot caché
S	A	Z	M
P	L	O	A
L	L	T	I
T	D	B	N

Case 17 — Qu'est-ce que c'est ?

Case 18 — Erreur : automne, été, printemps, hiver

Case 19 — Temps libre

Case 20 — Carré magique
	9	4
7	5	
6	1	8

Case 28 — Quel temps fait-il ?

Case 27 — Instrument

Case 26 — Message : A_ _ ENT_ _N! C_ _ _ N MÉCH_ _T

Case 25 — Qu'est-ce que c'est ?

Case 24 — Carré magique
6	1	8
	5	3
2	9	

Case 23 — Temps libre

Case 22 — Calcul : 6 × 3 = ?

Case 21 — Mot caché
S	T	H	U
C	H	I	P
L	V	C	S
P	W	O	T

Case 29 — Mot caché
E	O	W	B
L	O	V	E
C	H	I	A
P	O	T	U

Case 30 — Calcul : 18 + 2 × 2 = ?

Case 31 — Temps libre

Case 32 — Erreur : Il fait froid en été

Case 33 — Instrument

Case 34 — Carré magique
9	5	
2	4	9
	6	5

Case 35 — Message : J'_ _ME L_ _RAN_A_S

Case 36 — Qu'est-ce que c'est ?

Case 44 — Temps libre

Case 43 — Carré magique
1	10	4
	8	
	0	9

Case 42 — Qu'est-ce que c'est ?

Case 41 — Calcul : 27 − 21 × 3 = ?

Case 40 — Message : M_ _ _ I _EAU_ _UP

Case 39 — Instrument

Case 38 — Mot caché
T	C	Y	P
S	I	D	D
U	N	H	O
G	Q	I	N

Case 37 — Quel temps fait-il ?

Case 45 — Erreur : LUNDI MARDI MERCREDI VENDREDI SAMEDI DIMANCHE JEUDI

Case 46 — Instrument

Case 47 — Mot caché
B	N	R	D
U	R	C	E
B	L	E	U
V	E	G	A

Case 48 — Quel temps fait-il ?

Case 49 — Calcul : 28 ÷ 7 + 10 × 2 = ?

Case 50 — Carré magique
7		7
	9	2
4	5	6

Case 51 — Temps libre

Case 52 — Message : _U _ _V_ _R

SOLUTIONS À LA PAGE 112

Dans un petit magasin au camping

Bonjour, madame.
Je peux vous aider?

Je voudrais
2 paquets de biscuits,
s'il vous plaît.

A
- Vous désirez,
- Je peux vous aider,
- Oui,

- monsieur?
- madame?
- mademoiselle?

B
- Je voudrais...

- un litre de
- un paquet de
- un sachet de
- une bouteille de
- une cannette de
- une tablette de
- 250 grammes de
- un kilo de
- une boîte de

- biscuits.
- cacahuètes.
- jus de pomme.
- jus d'orange.
- tomates.
- chewing-gum.
- chocolat.
- coca.
- ketchup.
- limonade.

A
- C'est tout?
- Et avec ça?

B
- Oui, c'est tout.
- Non, je voudrais aussi...

A
- Voilà.
- Ça fait ... , s'il vous plaît.

A
- Merci.
- Au revoir.

B
- Merci.
- Au revoir.

11. Parle avec ton/ta partenaire. P

1.
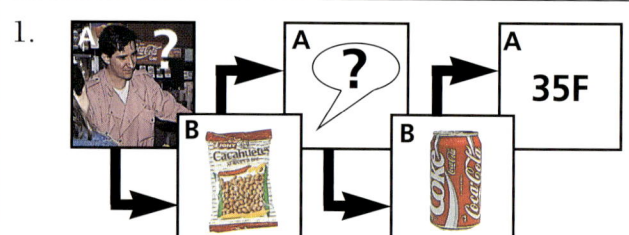
35F

2.
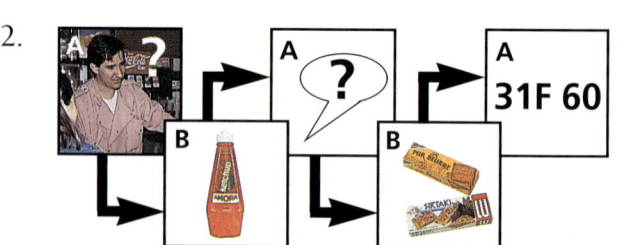
31F 60

12. Écoute les dialogues et mets les reçus dans le bon ordre.

A

5 litres de jus de pomme	30F	00
10 tablettes de chocolat	30F	30
Montant	**60F**	**30**

B

1 litre de jus d'orange	14F	20
250 g de tomates	10F	30
1 paquet de biscuits Pépito	7F	50
Montant	**32F**	**00**

C

1 paquet de chewing-gum Hollywood	2F	20
1 cannette de coca	7F	00
Montant	**9F**	**20**

D

2 paquets de biscuits Pépito	15F	00
1 bouteille de limonade	7F	60
Montant	**22F**	**60**

E

1 bouteille de Ketchup Amora	8F	50
3 sachets de cacahuètes	13F	50
4 baguettes	15F	60
Montant	**37F**	**60**

13. Travaille avec 2 partenaires. Vous êtes un groupe de 3. G
A : Tu es le client. Fais une liste.
B : Tu es le serveur dans le magasin.
C : Tu écoutes et tu notes les provisions dans la liste de A.

20 Le Manoir aux Quatre Mystères

Le dernier épisode
Le mystère des chasseurs de trésor

Tu arrives dans la cuisine.

C'est une cuisine ancienne et très sale.

Il y a des cafards partout.

Regarde. Il y a une famille de chauves-souris.

Elles dorment au plafond.

Il y a une très petite fenêtre.

Au milieu de la cuisine, il y a une grande table.

Sur la table, tu vois un mixeur.

Dans le mixeur, il y a un message.

Tu lis : « Pour trouver le trésor, suivez l'arc-en-ciel. »

Tu fais l'expérience et tu choisis la bonne porte.

Tu arrives au fond de l'escalier.

1. Réponds aux questions.

1. Qu'est-ce qu'il y a au milieu de la cuisine ?
2. Où est le message ?
3. Où est le mixeur ?
4. Que fais-tu pour choisir une porte ?
5. Tu ouvres la porte. Tu arrives où ?

2. Voici le dernier épisode. Écoute. S1

3. Voici le dernier mystère ! Travaille avec 3 S1 G
partenaires. Vous êtes un groupe de 4.

Il y a quatre portes ; il y a une porte grise, une
porte bleue, une porte jaune et une porte verte.
Il y a une petite table près de la porte bleue. Sur
la table, il y a une cassette et un walkman.

Vous écoutez la cassette. Écoutez les descriptions
des quatre chasseurs de trésor.

Puis, trouvez la dernière solution, choisissez une
porte et continuez votre chasse au trésor.

Le mot qui manque, c'est « **bleu** » ? Ouvrez la
porte bleue. Le mot qui manque, c'est « **jaune** » ?
Ouvrez la porte jaune. etc.

La porte jaune : allez à la page 106.
La porte bleue : allez à la page 108.
La porte grise : allez à la page 102.
La porte verte : allez à la page 112.

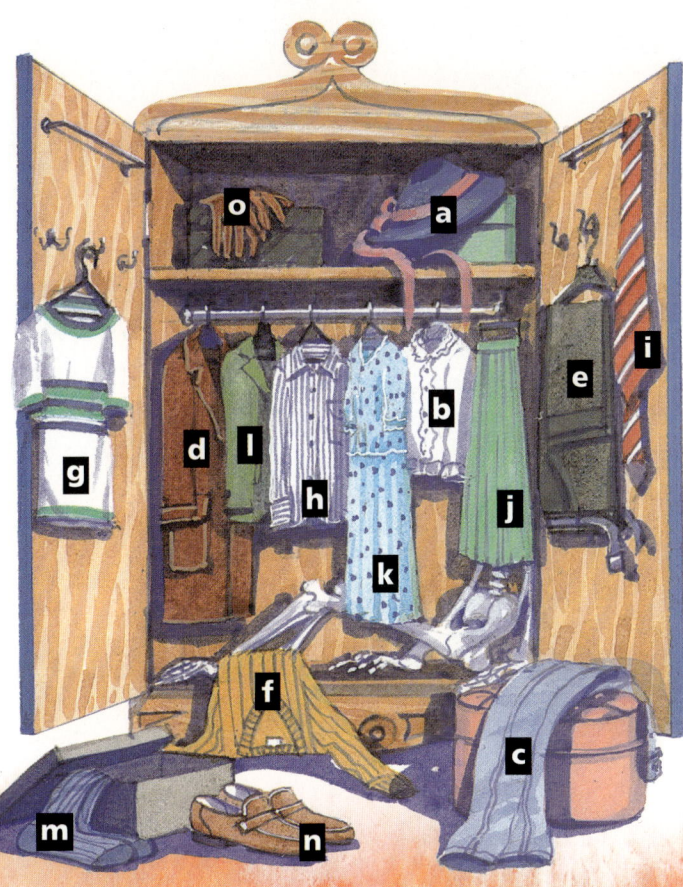

5. Travaille avec 3 partenaires. Vous êtes un groupe de 4. Faites des phrases. [G]

A : Je vais en France et je prends un pull-over.
B : Je vais en France et je prends un pull-over et des chaussettes.
C : Je vais en France et je prends un pull-over, des chaussettes et un tee-shirt.
D : Je vais en France et je prends un pull-over, des chaussettes, un tee-shirt et un manteau. etc.

6. Devoirs : Choisis 10 vêtements. Apprends les mots par cœur. [G]

Puis en classe.
1. Écris les 10 mots. Ne regarde pas ton livre. Tu as 2 minutes.
2. Travaille avec 2 partenaires. Vous êtes un groupe de 3.
   A : Tu corriges les mots de **B**.
   B : Tu corriges les mots de **C**.
   C : Tu corriges les mots de **A**.
   Un point pour chaque mot correct.

4. Vous êtes dans une armoire. Lisez la page et trouvez le mot pour chaque vêtement.

Exemple **a** = **un chapeau**

7. Complète les phrases.

1. En été, quand il fait beau, je porte ☆
2. En hiver, quand il fait mauvais, je porte ☆
3. Quand je sors avec mes amis, je porte ☆
4. Quand je fais la fête, je porte ☆
5. Quand je vais à l'école, je porte ☆

Le mur n° 25 *Regarde et mémorise.*

Elle porte une jupe rouge.
Elle porte une veste blanche.
Elle a les cheveux bruns.
Elle porte des chaussures bleues.

Il porte un pantalon vert.
Il a les cheveux noirs.
Il porte un tee-shirt orange.
Il porte des chaussettes noires.

● J'ai	● les cheveux	brun	brune	bruns	brunes
● Il a	● les yeux	blanc	blanche	blancs	blanches
● Elle a		bleu	bleue	bleus	bleues
● Je porte	● des chaussettes	jaune	jaune	jaunes	jaunes
● Il porte	● un jean	noir	noire	noirs	noires
● Elle porte	● une robe	gris	grise	gris	grises
	● un chemisier	orange	orange	orange	orange
	● une cravate	vert	verte	verts	vertes
	● des gants	rouge	rouge	rouges	rouges
	● une chemise	violet	violette	violets	violettes

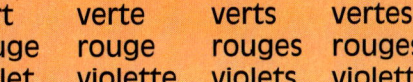

Félicitations ! La porte grise

Vous arrivez dans une grande chambre. C'est la chambre du propriétaire du Manoir. Il fait nuit noire dans la chambre et il fait très froid. Vous trouvez une lampe sur une petite table à côté de la porte. Vous allumez.

Attention. Un/une de vos amis n'est pas là. Allez le/la chercher dans l'armoire (la porte bleue).

* * * * * *

À droite, il y a un grand lit. À côté du lit, vous voyez une table de chevet. Soudain, vous entendez un bruit. Quelqu'un joue d'un instrument de musique.

La musique cesse. Vous écoutez... Rien... Silence.

Hyper-génial ! Vous voyez un coffre. Lentement, vous ouvrez le coffre. Enfin ! Vous voyez le trésor ! C'est incroyable ! Formidable ! Formidabuleux ! Qu'est-ce que c'est ? C'est à vous de décider...

Mais, soudain, vous entendez un rire horrible.
Qu'est-ce que c'est ?
Qui est-ce ?

Qu'est-ce que vous allez faire ?

À vous de décider !

---

8. Travaille avec 3 partenaires. Vous êtes un groupe de 4.
   Inventez les détails de l'histoire. [20.1] [G]

1. Qu'est-ce qu'il y a sur la table de chevet ?

2. Quelqu'un joue d'un instrument de musique.
   Qui ?
   Quel instrument ?
   Où ?
   Qu'est-ce que c'est comme musique ?

3. Vous voyez le trésor ?
   Qu'est-ce que c'est ?
   Des diamants ? De l'argent ? Une peinture ?
   Le bonheur ? Ou bien... ?

4. Vous entendez un rire horrible.
   Qui est-ce ? Une scientifique diabolique ?
   Nicole de Valois ? Un fantôme ? Le propriétaire du Manoir ? Ou bien... ?

5. Qu'est-ce que vous allez faire ?
   On va appeler la police ?
   On va aller explorer ?
   On va sauter par la fenêtre ?
   On va abandonner le trésor ?
   Ou bien... ?

9. Choisis la bonne réponse et raconte l'histoire de ta chasse au trésor.

1. Tu vas où ?
   - (a) Je vais à la piscine.
   - (b) Je vais aux toilettes.
   - (c) Je vais au Manoir aux Quatre Mystères.

2. Avec qui ?
   - (a) Avec mes amis.
   - (b) Avec mon hamster.
   - (c) Je suis tout seul / toute seule.

3. Quand ?
   - (a) À midi.
   - (b) Pendant les vacances.
   - (c) À 11 heures.

4. Tu voyages comment ?
   - (a) Je prends l'autobus.
   - (b) À pied.
   - (c) Je fais du vélo.

5. Tu entres dans le garage ?
   - (a) Non, j'entre dans la niche.
   - (b) Oui, j'entre dans le garage.
   - (c) Quel garage ?

6. Tu prends des objets dans le garage ?
   - (a) Quels objets ?
   - (b) Je prends une boussole, un canif, une lampe et un sac.
   - (c) Je prends l'autobus.

7. Qu'est-ce que tu vois dans le vestibule ?
   - (a) Je vois une horloge normande et une armure.
   - (b) Je vois le trésor.
   - (c) Je vois un chien méchant.

8. Après le vestibule, tu vas où ?
   - (a) Je monte dans la tour.
   - (b) J'entre dans la cuisine.
   - (c) J'entre dans la niche.

9. Que fais-tu dans la cuisine ?
   - (a) Je joue du piano.
   - (b) Je choisis les couleurs de l'arc-en-ciel.
   - (c) Je prépare un sandwich.

10. Tu arrives où ?
    - (a) Au fond de l'escalier.
    - (b) À la plage.
    - (c) À la maison.

> N'oublie pas :
> puis
> et
> mais
> et puis
> et après
> finalement

11. Qu'est-ce que tu trouves dans l'armoire ?
    - (a) Des vêtements.
    - (b) Des vêtements et des allumettes.
    - (c) Des vêtements et un squelette.

12. Tu entres dans la chambre de qui ?
    - (a) J'entre dans ma chambre.
    - (b) J'entre dans la chambre du propriétaire du Manoir.
    - (c) J'entre dans la chambre du chien de garde.

13. Qu'est-ce que tu fais dans la chambre ?
    - (a) Je trouve le trésor.
    - (b) Je dors.
    - (c) Je lis un livre.

14. Qu'est-ce que tu entends ?
    - (a) J'entends un rire horrible.
    - (b) J'entends le hit-parade à la radio.
    - (c) J'entends un bulldozer.

15. Qu'est-ce que tu vas faire ?
    - (a) Je vais appeler la police.
    - (b) Je vais prendre le trésor et retourner à la maison.
    - (c) Je vais explorer.

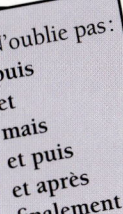

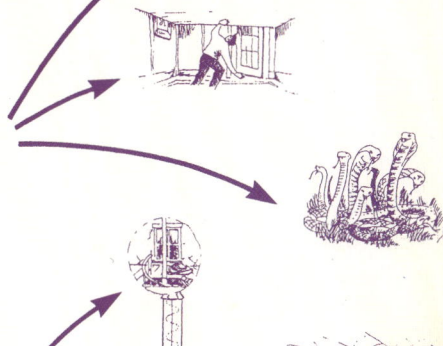

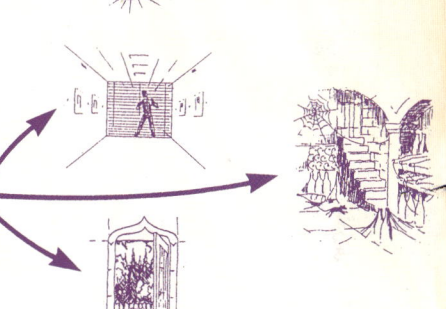
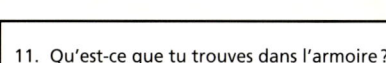
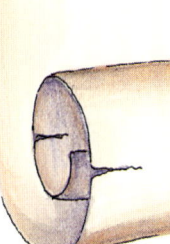

Je cherche la plage, s'il vous plaît.

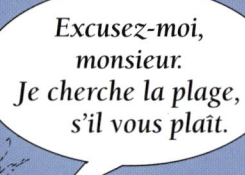

Excusez-moi, monsieur. Je cherche la plage, s'il vous plaît.

Alors, allez tout droit et prenez à droite.

A

● Pardon,
● Excusez-
  moi,
	● monsieur.
	● madame.
	● mademoiselle.
		● Je cherche	● l'hôpital,
			● la gare,
			● la plage,
			● la piscine,
			● la poste,
			● le trésor !
				● s'il te
				  plaît.
				● s'il vous
				  plaît.

B ● Tu vas tout droit.   ● Allez tout droit.   ↑
    ● Tu prends à droite.   ● Prenez à droite.   →
    ● Tu prends à gauche.   ● Prenez à gauche.   ←

A ● C'est loin ?

B ● Non,   ● c'est à un kilomètre.
    ● Oui,   ● c'est à ... mètres.
            ● c'est à ... kilomètres.
            ● c'est à ... minutes.

A ● Merci beaucoup.

B ● Je t'en prie.
    ● Je vous en prie.

10. Écoute les 4 dialogues et note les destinations, les indications et les distances. [S2]

Exemple
1. la piscine ⌐→ 100 m

---

11. Parle avec ton/ta partenaire. Vous inventez des dialogues. [P]

Exemple
1. **A** : Excusez-moi. Je cherche l'hôtel Comprador, s'il vous plaît.
   B : Prenez à gauche et allez tout droit.
   A : C'est loin?
   B : Non. C'est à deux cents mètres.
   A : Merci. Au revoir.
   B : Je vous en prie. Au revoir.

A	B	A	B

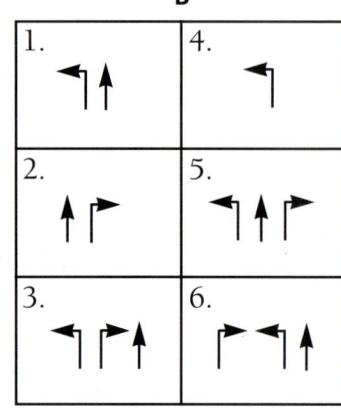

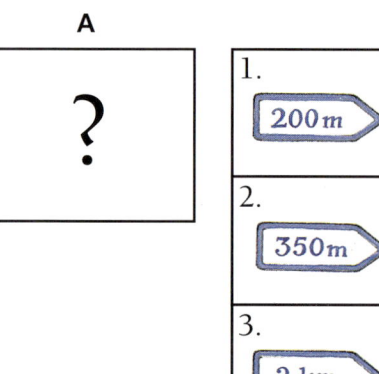

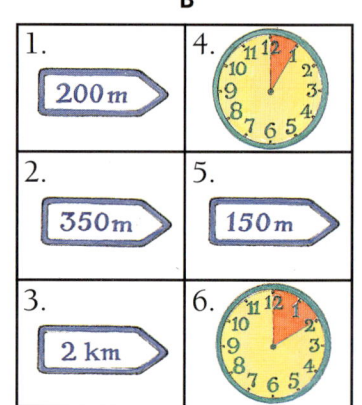

ÉPISODE 1
Le mystère des codes

LA PORTE 1

Bravo! Vous êtes dans le garage. Partout il y a des objets utiles... Mais la porte commence à se refermer automatiquement. Vous avez 90 secondes. Choisissez 4 objets et sortez vite!

une boussole	un sac à dos
une calculatrice	un carnet
une échelle de corde	un mètre
une lampe de poche	des biscuits
un stylo	des allumettes
un canif	des clés

Vous avez 90 secondes. Cherchez les mots dans le vocabulaire. Choisissez 4 objets et écrivez les mots qui correspondent.

Attention, sortez vite!

Maintenant, il faut trouver le vestibule. C'est derrière la porte numéro...?

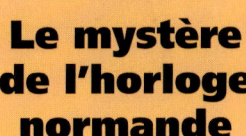

ÉPISODE 2
Le mystère de l'horloge normande

LA PORTE 2

Il fait trop noir. Vous avez une lampe?
Oui? Alors, continuez.
Non? Alors, allez chercher le chandelier dans le vestibule et puis continuez...

Vous êtes dans la cave. Il y a beaucoup de vin. Des milliers de bouteilles de vin rouge et blanc. Un grand rat passe devant vos pieds. Vous évitez une grande toile d'araignée. Vous cherchez une sortie. Mais il n'y a pas de sortie! Il y a une seule porte en haut de l'escalier.

Vous retournez dans le vestibule. Regardez l'horloge encore une fois.

ÉPISODE 3
Le mystère de l'arc-en-ciel
LA PORTE 1

G Vous êtes dans un long couloir. Attention, il y a beaucoup d'obstacles. Pour continuer, trouvez une solution pour chaque obstacle.

une mare d'eau profonde	sautez
des fils barbelés	marchez à quatre pattes
un mur très haut	nagez
un chien méchant	jetez un os

Vous arrivez au bout du couloir. Il y a un message :

« Au secours ! Vite ! Vite ! Venez à la porte numéro 2 ! »

LE DERNIER ÉPISODE
Le mystère des chasseurs de trésor
LA PORTE JAUNE

G Oh là là ! Le plafond descend. Vous allez être écrasés. Pour faire remonter le plafond, comptez jusqu'à 50 à haute voix. Vous avez seulement une minute.

Essayez une autre porte.

G

ÉPISODE 1
Le mystère des codes

LA PORTE 2

Danger. Sortez vite ! Vous êtes dans la niche du chien de garde. Vous avez 30 secondes. Choisissez une porte différente et sortez vite. Sinon...

G

ÉPISODE 2
Le mystère de l'horloge normande

LA PORTE 10

Félicitations ! Vous êtes dans la cuisine ! C'est la bonne porte. La solution, c'est 10 fois : 1 h 05, 2 h 11, 3 h 16, 4 h 22, 5 h 27, 6 h 33, 7 h 38, 8 h 44, 9 h 49, 10 h 55.

Mais attention ! Un de vos amis est prisonnier. Poussez la porte numéro 24.

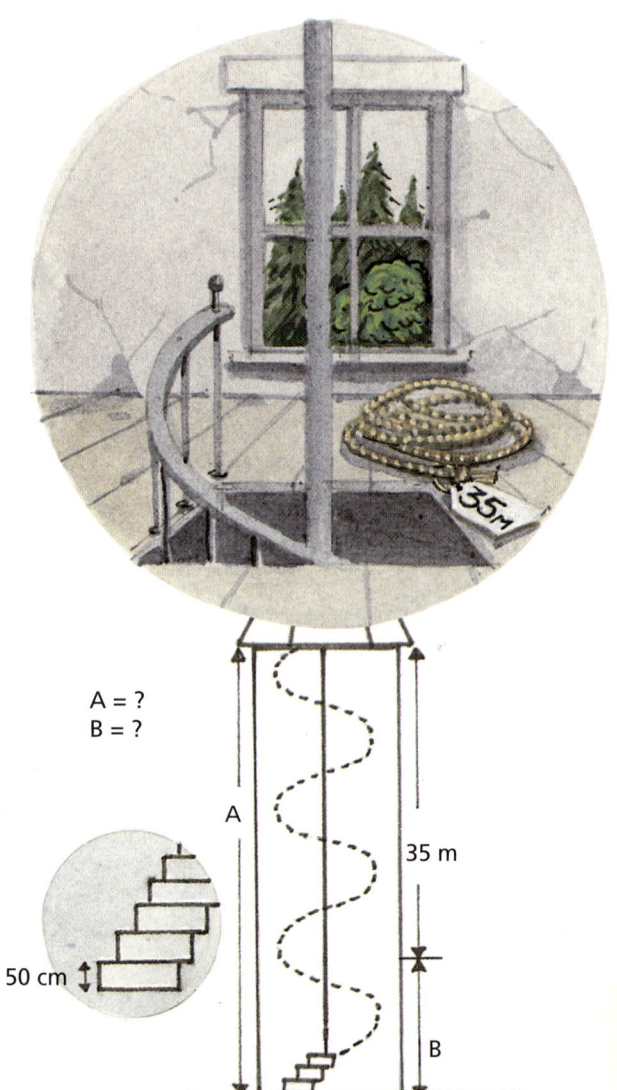

A = ?
B = ?

A

50 cm

35 m

B

ÉPISODE 3
Le mystère de l'arc-en-ciel
LA PORTE 2

G

Vous êtes au fond d'un escalier en spirale. Vous montez. Il y a 100 marches de 50 cm. Vous arrivez au sommet d'une tour. C'est une chambre avec une fenêtre. Vous regardez par la fenêtre et vous voyez la forêt. Par terre, il y a une corde de 35 mètres.

Il y a un message :  Complétez le diagramme

La corde est assez longue ?

Non ? Essayez la porte numéro 3.

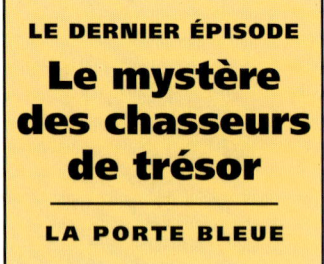

LE DERNIER ÉPISODE
Le mystère des chasseurs de trésor
LA PORTE BLEUE

G

Vous êtes dans une grande armoire. Par terre, il y a des chaussures et beaucoup de vêtements. Vous ne pouvez pas sortir sans ranger les vêtements. Allez à la page 101 et faites l'exercice 4.

Beurk ! Sous les vêtements, vous découvrez un squelette...

C'est le squelette de qui ?

Essayez une autre porte.

ÉPISODE 1
Le mystère des codes

LA PORTE 3

[G] Vous êtes dans un long tunnel souterrain. Descendez l'escalier! Attention, ça glisse! Au bout du tunnel, il y a une porte. Ouvrez la porte... qu'est-ce que c'est?

Oh là là! Ce sont les toilettes. Montez l'escalier et retournez au jardin.

Choisissez une porte différente.

ÉPISODE 2
Le mystère de l'horloge normande

LA PORTE 12

[G] Ce n'est pas possible! C'est la porte d'entrée. Vous voulez retourner au jardin? Vous avez peur? Vous voulez retourner à la maison? Vous abandonnez la chasse au trésor?

Non! Vous retournez au vestibule!

Regardez l'horloge encore une fois.

ÉPISODE 1
Le mystère des codes
LA PORTE 4

G Bravo! Vous êtes dans le vestibule du Manoir.

Catastrophe! Un de vos camarades est absent. Soudain, vous entendez un bruit derrière la porte numéro 1. Poussez la porte numéro 1 et entrez. Allez à la page 105.

ÉPISODE 3
Le mystère de l'arc-en-ciel
LA PORTE 3

G Bravo! Vous êtes au fond de l'escalier de l'arc-en-ciel. Attention! Par terre il y a une feuille de papier. C'est un message :

« Au secours! Venez à la porte numéro 1! »

* * * * * *

Bravo! Vous êtes au fond de l'escalier de l'arc-en-ciel pour la deuxième fois. Alors, la chasse continue! Vous montez l'escalier et vous voyez 4 portes.

ÉPISODE 3
Le mystère de l'arc-en-ciel
LA PORTE 4

G Vous ouvrez la porte et « Houp-là ! » Vous glissez... Vous êtes dans la forêt en face de la porte d'entrée du Manoir !

Retournez à la cuisine et choisissez une porte différente.

ÉPISODE 2
Le mystère de l'horloge normande
G **LA PORTE 24**

Vous êtes dans un couloir très moderne. Tout est blanc. Les murs sont blancs. La moquette est blanche. Les lumières sont blanches. Vous avancez. Vous trouvez une grille blanche. Impossible d'entrer. Votre ami est prisonnier derrière la grille / Votre amie est prisonnière derrière la grille.

Pour ouvrir la grille, il faut changer la couleur du couloir.

Copiez et complétez les phrases suivantes avec une couleur différente :

Tout est ✎
Les murs sont ✎
La moquette est ✎
Les lumières sont ✎

Les couleurs changent. La grille s'ouvre. Maintenant, il faut trouver la cuisine. C'est derrière la porte numéro...?

G Zut alors! Il n'y a pas de trésor. Et, quelle horreur! Par terre, il y a beaucoup de serpents venimeux – des vipères et des cobras.

Ils s'approchent. Ils sifflent. Ils crachent du venin.

Pour sortir, dites à haute voix les mois de l'année et les jours de la semaine. Mais dans l'ordre inverse!

Exemple : décembre, novembre, octobre, etc.

Attention! Vous avez seulement une minute.

Essayez une autre porte.

Jeux timbrés : solutions

1. 2, 1
2. Bonjour.
3. vingt-six
4. Je joue du piano.
5. chat
6. Ça va?
7. sept
8. Je joue au tennis.
9. Je joue du violon.
10. 8, 7
11. un lapin
12. yeux
13. vingt-quatre
14. Tu fais du vélo?
15. Je joue de la batterie.
16. main
17. une tortue
18. automne, hiver, printemps, été
19. Je regarde la télévision.
20. 2, 3
21. chip
22. dix-huit
23. Je fais de la natation.
24. 7, 4
25. un chat
26. Attention! Chien méchant.
27. Je joue de la guitare.
28. Il neige.
29. beau
30. quarante
31. J'écoute des cassettes.
32. Il fait froid en hiver.
33. Je joue de la trompette.
34. 1, 4
35. J'aime le français.
36. un chien
37. il pleut
38. cinq
39. Je joue de la clarinette.
40. Merci beaucoup.
41. dix-huit
42. un hibou
43. 6, 1
44. Je joue au basket.
45. lundi, mardi, mercredi, jeudi, vendredi, samedi, dimanche
46. Je joue du saxophone.
47. bleu
48. Il y a du soleil, il fait beau.
49. vingt-huit
50. 1, 4
51. Je fais du ski.
52. Au revoir.

Grammaire

What's in a sentence?

Danny **arrive** **à** **la** **banque**.

Il **a** **les** **cheveux** **noirs**.

un verbe   *a verb*
un nom   *a noun*
un article   *an article ('the' or 'a')*
un pronom   *a pronoun*
un adjectif   *an adjective*
une préposition   *a preposition*

Accents

Look at any page in this book and you will see that accents are a normal part of French spelling. You will also have noticed that accents often guide the way you pronounce a word. Here are some examples:

écoute   s'il te pla**î**t !
compl**è**te   fran**ç**ais

Here are the French and English names of the accents:

´   accent aigu   *acute accent*
`   accent grave   *grave (say 'graave') accent*
^   accent circonflexe   *circumflex*
ç   **c** cédille   *c with a cedilla*
    The cedilla tells you that the letter **c** should be pronounced like **s**.

L', J', C' and N'

The apostrophe is a normal part of French spelling too:

l'eau minérale   **c'**est
l'hôtel   je **n'**aime pas
j'écoute

It would be quite hard to pronounce 'la eau minérale', so the **a** is dropped from **la**. The apostrophe tells you that this has happened.

Capital letters and small letters

Have you noticed...?

un **F**rançais   *a French man*
le **f**rançais   *the French language*
il est **f**rançais   *he is French (nationality)*

In French, only the first one begins with a capital letter.

Days of the week (**lundi**, **mardi**, etc.) and months of the year (**janvier**, **février**, etc.) begin with small letters.

Nouns: masculine or feminine?

In French, all nouns are either masculine:

le miel, **un** biscuit, **des** chips

or feminine:

la limonade, **une** glace, **des** baguettes

This is different from English, but like a lot of other languages.

Nouns: singular or plural?

Nouns are also singular (i.e. just one):

le biscuit, **un** biscuit

or plural (i.e. more than one):

les biscuits, **des** biscuits

Plural nouns usually end in **-s**. This is all just the same as in English. But say 'les biscuits' aloud. You won't hear the final **-s**.

A and THE

The words for **a** and **the** are also masculine, feminine, singular or plural, depending on the noun. This table shows you how it works. (By the way, in English the plural of **a** is **some**.)

	SINGULAR		PLURAL
	masculine	feminine	masculine & feminine
a (an) / some	**un** cahier	**une** règle	**des** feutres
the	**le** Manoir **l'**hôtel	**la** banque **l'**école	**les** portes

Whose is it? (1)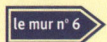

C'est **à** qui ?   *Whose is it?*   C'est **à** toi.   *It's yours.*
C'est **à** moi.   *It's mine.*   C'est **à** Lisette.   *It's Lisette's.*

Whose is it? (2)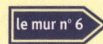

Look at these examples:

C'est le crayon **de** Bruno.   *It's Bruno's pencil.*
Elle a les clés **de** Danny.   *She has Danny's keys.*

The apostrophe s ('**s**) does not exist in French so you must say 'the pencil **of** Bruno' instead.

Whose is it? (3)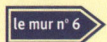

The word for **my**, **your**, **his** or **her** is also masculine, feminine, singular or plural, depending on the noun that follows it.

Mon, **ton** and **son** are used before masculine nouns:

mon livre   *my book*
ton cahier   *your exercise book*
son classeur   *her/his file*

Ma, **ta** and **sa** are used before feminine nouns:

ma clé   *my key*
ta gomme   *your rubber*
sa montre   *her/his watch*

But before a vowel (and sometimes before **h-**), **ma**, **ta**, **sa** become **mon**, **ton**, **son**:

son eau minérale   *her/his mineral water*

Mes, **tes** and **ses** take over when the noun (masculine or feminine) is in the plural:

mes livres   *my books*
tes classeurs   *your files*
ses clés   *her/his keys*

Adjectives must agree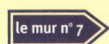

Nearly all adjectives can be masculine or feminine and singular or plural. They must **agree** with the nouns they describe.

If you want to describe a masculine singular noun, you must use the **masculine singular** form of the adjective:

un cheval **blanc**

If you want to describe a feminine plural noun, you must use the **feminine plural** form of the adjective:

les souris **blanches**

How do you make adjectives agree with nouns? Usually you add these letters to the end of the adjective:

NOUN	ADJECTIVE ENDING
masc. sing.	*add nothing*
fem. sing.	*add* -e
masc. plur.	*add* -s
fem. plur.	*add* -es

Look how these adjectives change. Say them aloud. Which changes can you hear?

MASCULINE SINGULAR	FEMININE SINGULAR	MASCULINE PLURAL	FEMININE PLURAL
add nothing	*add* -e	*add* -s	*add* -es
allemand	allemand**e**	allemand**s**	allemand**es**
bleu	bleu**e**	bleu**s**	bleu**es**
français	français**e**	français**	français**es**
jaune	jaune*	jaune**s**	jaune**s**
petit	petit**e**	petit**s**	petit**es**

* If an adjective already ends in -**e**, there is no need to add another -**e**.

** If an adjective already ends in -**s**, there is no need to add another -**s**.

But now look at these and say them aloud. What do you notice about the changes here?

MASCULINE SINGULAR	FEMININE SINGULAR	MASCULINE PLURAL	FEMININE PLURAL
beau	belle	beaux	belles
blanc	blanche	blancs	blanches
long	longue	longs	longues
vieux	vieille	vieux	vieilles

The position of adjectives

Normally, adjectives come after the noun they describe:

le pied **gauche**   *the foot left !!!*

But some adjectives come before the noun, as in English:

le **petit** sac   *the small bag*

Some useful adjectives which come before the noun:

beau	un **beau** stylo
bon	un **bon** voyage
petit	un **petit** chien
vieux	un **vieux** sac
joli	une **jolie** fille
grand	une **grande** maison
gros	un **gros** gâteau

TU or VOUS?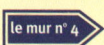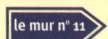

Like a lot of languages, French has 2 words for **you**. You should use **tu** when speaking to:

a pet animal
someone about your age or younger
a friend
an adult in your family

(Adults normally say **tu** to children.)

You should use **vous** when speaking to:

an adult who is not a member of your family
more than one person

I, YOU, HE, SHE, IT...

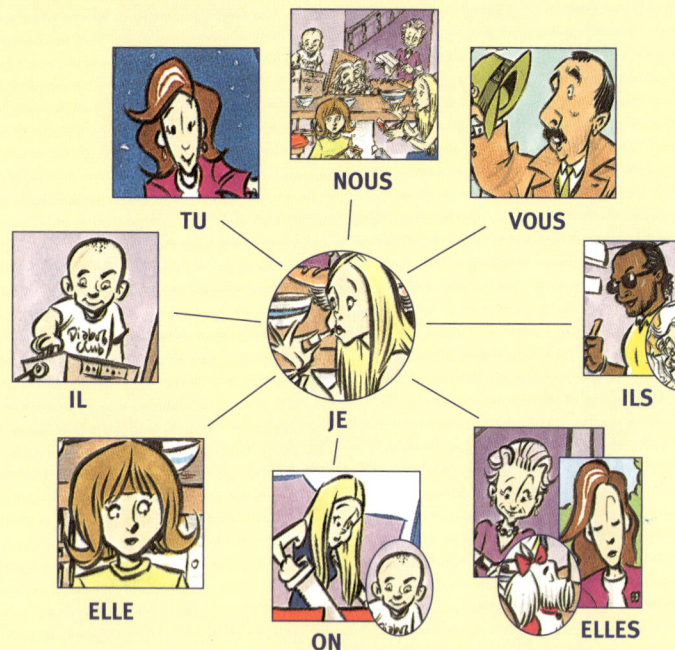

These words are called subject pronouns. They are **pro**nouns because they stand in for a noun, and they are **subject** pronouns because they are **subjects** of verbs.

je (j')	*I*
tu	*you*
il	*he,* or *it for a masculine noun*
elle	*she,* or *it for a feminine noun*
on	*we or you*
nous	*we*
vous	*you*
ils	*they, if 'they' are all masculine or a mix of masculine and feminine*
elles	*they, if 'they' are all feminine*

Who is 'on'?

The subject pronoun **on** can refer to lots of people:

On fait la fête.   *We are having a party.*
En France, **on** parle français.   *In France, **they** speak French.*

And if you want to say **you**, meaning people in general (everybody and anybody):

On achète le pain dans une boulangerie.   *You buy bread in a bakery.*

Verbs: the infinitive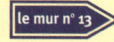

In English, the infinitive is the form of the verb which has **to** in front of it:

to have   **to** work

In French, the infinitive is the form of the verb which ends in one of the following:

-er	-ir
-re	-oir

When you look up a verb in a dictionary, you will find the infinitive:

Je **fais** mes devoirs : the infinitive of **fais** is **faire**
Elle **aime** les araignées : the infinitive of **aime** is **aimer**

Verbs: using the infinitive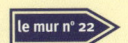

Here are some ways in which you use the infinitive in this book:

J'aime **nager**.   *I like swimming* or *I like to swim*.
Je vais **travailler**.   *I am going to work*.
Tu veux **venir** ?   *Do you want to come?*

Verbs: commands

If you want to tell somebody to do something, use the **tu** or the **vous** form of the verb without the **tu** or **vous**:

faire ---⇾ tu fais ---⇾ fais ---⇾ fais tes devoirs !
lever ---⇾ vous levez ---⇾ levez ---⇾ levez la main !
manger ---⇾ tu manges ---⇾ mange* ---⇾ mange ton pain !
   (Manges-en !)

*Notice that this has lost its final **-s**. This happens with every **-er** verb.

Negatives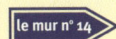

If you want to put **not** into a sentence, you need 2 words in French – **ne** and **pas**: **ne** goes before the verb and **pas** goes after the verb. This makes a verb sandwich:

Je **n'**aime **pas** les contrôles.   *I don't like tests.*

Asking questions (1)

If your question expects a **yes/no** answer, there are 3 ways of asking it. In each case you start with a statement.

1 Start with the statement 'Il aime le ketchup'. When speaking, you alter the music of your voice to make it rise at the end. When writing, you just add a question mark:

   Il aime le ketchup ?   *Does he like ketchup?*

2 Start with the statement 'Ben joue au foot'. Add **est-ce que** at the beginning of the sentence:

   Est-ce que Ben joue au foot ?   *Does Ben play football?*

3 Start with the statement 'Tu vas à la piscine'. Switch around (invert) the verb and the pronoun, and link the 2 with a hyphen:

   Vas-tu à la piscine ?   *Are you going to the swimming-pool?*

Asking questions (2)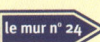

Use these question words to help you make up questions in French:

Qu'est-ce que tu fais le week-end ? — ***What*** do you do at the weekend?
Que veut dire... ? — ***What*** does ... mean?
Qui habite dans le Manoir ? — ***Who*** lives in the Manoir?
Ton anniversaire, c'est **quand** ? — ***When*** is your birthday?
Pourquoi ? — ***Why***?
Tu t'appelles **comment** ? — ***What*** is your name? (= ***How*** are you called?)
Où sont les toilettes ? — ***Where*** are the toilets?
Tu es de **quelle** nationalité ? — ***What*** nationality are you?
Ça fait **combien** ? — ***How much*** is it?

Verbs: the present tense

The 2 forms of the present tense in English 'I **am watching** TV' and 'I **watch** TV' are both translated by 'Je **regarde** la télé'. English speakers often make mistakes here because they try to translate each word.

In English, you say '**Do** you like maths?' and 'I **do** not like maths.' In French, you say 'Tu aimes les maths ?' and 'Je n'aime pas les maths.' **Do not** translate **do**.

Most verbs are regular – they follow a convenient, easy-to-learn pattern. Others are irregular and have to be learned by heart.

Regular verbs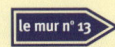

French verbs belong to one of 3 groups. In this book you will learn the complete pattern for the present tense of **-er** verbs.

INFINITIVE: regard**er**   *to watch, to look at*

je	regard**e**	*I watch, I am watching*
tu	regard**es**	*you watch, you are watching*
il	regard**e**	*he watches, he is watching*
elle	regard**e**	*she watches, she is watching*
on	regard**e**	*we/you/they watch, we/you/they are watching*
nous	regard**ons**	*we watch, we are watching*
vous	regard**ez**	*you watch, you are watching*
ils	regard**ent**	*they watch, they are watching (masculine)*
elles	regard**ent**	*they watch, they are watching (feminine)*

There are also regular verbs which end in **-ir** and **-re**:

INFINITIVE: chois**ir**   *to choose*

je	chois**is**	nous	chois**issons**
tu	chois**is**	vous	chois**issez**
il	chois**it**	ils	chois**issent**
elle	chois**it**	elles	chois**issent**
on	chois**it**		

INFINITIVE: entend**re**   *to hear*

j'	entend**s**	nous	entend**ons**
tu	entend**s**	vous	entend**ez**
il	entend	ils	entend**ent**
elle	entend	elles	entend**ent**
on	entend		

Irregular verbs

These 4 verbs are the most important of the irregular verbs.

INFINITIVE: **aller**   *to go*

je	**vais**	*I go, I am going*
tu	**vas**	*you go, you are going*
il	**va**	*he goes, he is going*
elle	**va**	*she goes, she is going*
on	**va**	*we/you/they go, we/you/they are going*
nous	**allons**	*we go, we are going*
vous	**allez**	*you go, you are going*
ils	**vont**	*they go, they are going (masculine)*
elles	**vont**	*they go, they are going (feminine)*

INFINITIVE: **avoir**   *to have*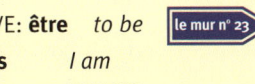

j'	**ai**	*I have, I have got*
tu	**as**	*you have, you have got*
il	**a**	*he has, he has got*
elle	**a**	*she has, she has got*
on	**a**	*we/you/they have, we/you/they have got*
nous	**avons**	*we have, we have got*
vous	**avez**	*you have, you have got*
ils	**ont**	*they have, they have got (masculine)*
elles	**ont**	*they have, they have got (feminine)*

INFINITIVE: **être**   *to be*

je	**suis**	*I am*
tu	**es**	*you are*
il	**est**	*he is*
elle	**est**	*she is*
on	**est**	*we/you/they are*
nous	**sommes**	*we are*
vous	**êtes**	*you are*
ils	**sont**	*they are (masculine)*
elles	**sont**	*they are (feminine)*

INFINITIVE: **faire** *to do, to make*  le mur n° 23

je	**fais**	*I do, I am doing,* or *I make, I am making,* etc.
tu	**fais**	*you do, you are doing*
il	**fait**	*he does, he is doing*
elle	**fait**	*she does, she is doing*
on	**fait**	*we/you/they do, we/you/they are doing*
nous	**faisons**	*we do, we are doing*
vous	**faites**	*you do, you are doing*
ils	**font**	*they do, they are doing* (masculine)
elles	**font**	*they do, they are doing* (feminine)

I CAN, I WANT, and I WOULD LIKE  le mur n° 3   le mur n° 14

It is very useful to be able to use these verbs. You meet them all in this book.

je **peux** *I can, I am able*
tu **peux** ? *can you?*
il/elle/on **peut** *he/she/we/you/they can*
vous **pouvez** ? *can you?*

je **veux** *I want*
tu **veux** ? *do you want?*
il/elle/on **veut** *he/she wants, we/you/they want*
vous **voulez** ? *do you want?*

je **voudrais** *I would like*

Prepositions (1) le mur n° 17

Prepositions are small words with lots of uses. They tell us:

when things happen: **à** 11 heures
where things are: **dans** le sac
where people are: **dans** la cuisine
where people are going: **au** Manoir
who is related to whom: le beau-père **de** Claire

Use this list to help you make sentences:

dans	*in, into, inside*	vers	*towards*
derrière	*behind*	à côté de	*next to*
devant	*in front of*	à droite de	*on the right of*
entre	*in between*	à gauche de	*on the left of*
sous	*under*	au milieu de	*in the middle of*
sur	*on*	en face de	*opposite*

Prepositions (2) : À and DE 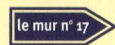 le mur n° 17   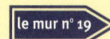 le mur n° 19

The preposition **à** usually means **to** or **at** or **in**:

Elle parle **à** Danny. *She speaks to Danny.*
Elle arrive **à** midi. *She arrives at midday.*
J'habite **à** Paris. *I live in Paris.*
de A **à** Z *from A to Z*

The preposition **de** usually means **of** or **from**:

de A à Z *from A to Z*
un paquet **de** biscuits *a packet of biscuits*
C'est le stylo **de** Marianne. *It's Marianne's pen.*
Il est le frère **de** Claire. *He is Claire's brother.*

This is what happens when **à** is followed by **le**, **la**, **l'**, **les**:

à la: Elle va **à la** gare. *She is going to the station.*
à l': J'ai mal **à l'**épaule. *I have a sore shoulder.*
au (= **à** + **le**): Tu viens **au** cinéma ? *Are you coming to the cinema?*
aux (= **à** + **les**): J'ai mal **aux** oreilles. *My ears hurt.*

This is what happens when **de** is followed by **le**, **la**, **l'**, **les**:

de la: J'aime faire **de la** natation. *I like swimming.*

de l': La gare est en face **de l'**hôtel. *The station is opposite the hotel.*
du (= **de** + **le**): à la fin **du** cahier *at the back of the book*
des (= **de** + **les**): Je voudrais **des** biscuits. *I'd like some biscuits.*

Prepositions (3)

Quite often it is not possible to translate English into French word for word. You need to forget your English and think French:

C'est **à** moi. *It's mine. /It's my turn.*
C'est **à** 1 kilomètre. *It's 1 kilometre away.*
J'ai mal **à** la tête. *I have a headache.*
une voiture **de** police *a police car*
Il entre **dans** la banque. *He enters the bank.*

Numbers

For numbers, look at all the page numbers and Unit 10!

0	zéro
100	cent
200	deux cents
837	huit cent trente-sept
1000	mille
2000	deux mille
6543	six mille cinq cent quarante-trois

1er premier *first*
2e deuxième *second*
3e troisième *third*
4e quatrième *fourth*   *etc.*

The time

Quelle heure est-il ? *What time is it?*

Il est...
6:00 six heures
6:05 six heures cinq
6:10 six heures dix
6:15 six heures quinze / six heures et quart
6:20 six heures vingt
6:30 six heures trente / six heures et demie
6:35 six heures trente-cinq / sept heures moins vingt-cinq
6:45 six heures quarante-cinq / sept heures moins le quart
6:50 six heures cinquante / sept heures moins dix
12:00 midi / minuit
12:30 midi et demi / minuit et demi

Il est...
18:00 dix-huit heures / six heures du soir
18:05 dix-huit heures cinq
18:10 dix-huit heures dix
18:15 dix-huit heures quinze
18:30 dix-huit heures trente
18:45 dix-huit heures quarante-cinq
18:55 dix-huit heures cinquante-cinq

Days, months and dates Look up page 8.

The weather

Quel temps fait-il ? *What is the weather like?*

Il fait beau. *It's fine.*
Il fait chaud. *It's warm.*
Il fait mauvais. *The weather's bad.*
Il fait froid. *It's cold.*
Il y a du soleil. *It's sunny.*
Il y a du vent. *It's windy.*
Il y a du brouillard. *It's foggy.*
Il gèle. *It's freezing.*
Il pleut. *It's raining.*
Il neige. *It's snowing.*

Vocabulaire : français–anglais

(The feminine forms of adjectives are given in brackets.)

a (il/elle/on a)	see *avoir*
à	at, in, to
à côté de	next to
à droite	on the right
à gauche	on the left
abandonner	to abandon, to give up
s'abonner	to subscribe
d'abord	at first
d'accord	all right
acheter	to buy
additionner	to add
adorer	to love
l'adresse (f.)	address
l'adulte (m.)	adult
l'adversaire (m./f.)	opponent
les affaires (f.)	things
l'affection (f.) de la peau	skin disorder
l'affiche (f.)	poster
affreux (affreuse)	awful
l'âge (m.)	age
l'agenda (m.)	diary
j'ai	see *avoir*
aider	to help
aïe !	ouch!, ow!
l'aiguille (f.)	needle, clock hand
l'ail (m.)	garlic
l'aimant (m.)	magnet
aimer	to like
ajouter	to add
l'Algérie (f.)	Algeria
l'Allemagne (f.)	Germany
allemand (allemande)	German
aller (vais, vas, va, vont)	to go
l'allergie (f.)	allergy
allumer	to light, to switch on
les allumettes (f.)	matches
alors	so, then, well
l'ami (m.)	friend (male)
l'amie (f.)	friend (female)
amitiés	love from (at the end of a letter)
amoureux (amoureuse)	loving
l'an (m.)	year
ancien (ancienne)	old
l'ange (m.)	angel
anglais (anglaise)	English
l'Angleterre (f.)	England
l'animal (m.), les animaux	animal
l'année (f.)	year
l'année (f.) scolaire	school year
l'anniversaire (m.)	birthday
bon anniversaire	happy birthday
l'annonce (f.)	see *petites annonces*
l'apôtre (m.)	apostle
apparaître	to appear
s'appeler	to be called
appétit	see *bon appétit*
apprendre	to learn
s'approcher	to approach
après	after
l'araignée (f.)	spider
l'arbre (m.)	tree
l'arc-en-ciel (m.)	rainbow
l'arche (f.)	arch
l'argent (m.)	money

l'armoire (f.)	wardrobe
l'armure (f.)	suit of armour
s'arrêter	to stop
l'arrivée (f.)	arrival
arriver	to arrive
l'artère (m.)	artery
artifice	see *feux d'artifice*
as (tu as)	see *avoir*
assassiner	to murder
asseyez-vous	sit down
assez	quite, enough
assieds-toi	sit down
associer	to match up, to associate
attacher	to attach
attendre	to wait, to wait for
attention	attention, care, look out!
au (à + le)	to the, at the, in the
au revoir	goodbye
aujourd'hui	today
aussi	also, as well, too
l'auteur (m.)	writer, artist
l'autobus (m.)	bus
automatiquement	automatically
l'automne (m.)	autumn
autre	other
l'Autriche (f.)	Austria
aux (à + les)	to the, at the, in the
avaler	to swallow
avancer	to advance, to move forward
avant	before
avec	with
l'aventure (f.)	adventure
avoir (ai, as, a, ont)	to have

la baguette	baguette, French loaf
bâiller	to yawn
le baladeur	personal stereo, walkman
la baleine	whale
la banque	bank
la barbe	beard
barbelé	see *fil barbelé*
le basket	basketball
le basketteur	basketball player
la basse	bass
la batterie	drums
battre	to beat, to hit
la BD (la bande dessinée), les BD (les bandes dessinées)	cartoon
beau	beautiful, lovely
il fait beau	the weather is fine, it's fine
le beau-père	stepfather, father-in-law
beaucoup	a lot, very much
le bébé	baby
le bec	beak
la Belgique	Belgium
la belle-mère	stepmother, mother-in-law
la betterave	beetroot
le beurre	butter
beurrer	to butter

bien	well, good
écoute bien	listen carefully
je veux bien	I'd love to
bien sûr	of course
bientôt	soon
le billet (de train)	(train) ticket
la biologie	biology
le biscuit	biscuit
la bise	kiss
bizarre	strange, weird
la blague	joke
blanc (blanche)	white
bleu (bleue)	blue
le bleu	bruise
blond (blonde)	blond
bloquer	to block
bof... rien	huh... nothing
boire	to drink
la boisson	drink
la boîte	box
la boîte aux lettres	letterbox
la boîte de céréales	box of cereal
le bol	bowl
bon (bonne)	good
bon appétit	have a good meal
le bon sens	common sense
les bonbons (m.)	sweets
le bonheur	happiness
bonjour	hello
la bouche	mouth
la bougie	candle
bouillir	to boil
le boulanger	baker
la boulangerie	bakery
la boussole	compass
le bout	end
au bout de	at the end of
la bouteille	bottle
la boutique	shop
le bouton	button, spot
la BP (boîte postale)	PO box (post office box)
le bras	arm
le bricolage	handiwork, DIY
bricoler	to make, to tinker
britannique	British
le brouillard	fog
le brouillon	rough book
le bruit	noise
brûlée vive	burnt alive
brun (brune)	brown
le bulldozer	bulldozer
le bulletin d'adhésion	subscription form
le bureau	office, desk

ça	that, it
ça va	OK
ça va ?	how are you?
j'aime ça	I like that
ça glisse	it's slippery
ça s'écrit comment ?	how do you spell that?
ça fait combien ?	how much is that?
les cacahuètes (f.)	peanuts
cacher	to hide
le cadeau, les cadeaux	present
le cafard	cockroach

le café	coffee, café
le café crème	white coffee
le café moulu	ground coffee
le cahier	exercise book
le calcul (mental)	(mental) arithmetic
la calculatrice	calculator
calculer	to calculate
le calendrier	calendar
le/la camarade	friend
le camembert	camembert, pie chart
la campagne	country, countryside
à la campagne	in the country
le pâté de campagne	coarse paté
le camping	camping, campsite
le canari	canary
le canif	penknife
la cannette	tin, can
la cantine	canteen
la capillaire	blood vessel
la capitale	capital
le carnaval	carnival
le carnet	notebook, book of tickets
le carré magique	magic square
la carte	card, menu
la carte de membre	membership card
la carte postale	postcard
le carton	cardboard
en carton	made of cardboard
la case	square
la casserole	saucepan
la cassette	cassette, tape
la cassette vidéo	video cassette
le cassis	blackcurrant
la catastrophe	disaster, catastrophe
la cave	cellar
le CD (le compact disque),	CD
les CD (les compacts disques)	
ce, cet, cette, ces	this, that, these, those
c'est, ce sont	it is, this is, they are, these are
célébrer	to celebrate
célibataire	single
la cellule	cell
le centimètre	centimetre
le centre	centre
les céréales (f.)	cereal
le cerveau	brain
cesser	to stop
la chaise	chair
le challenge	challenge
la chambre	room, bedroom
la chambre forte	strongroom, vault
le champion	champion (male)
la championne	champion (female)
le chandelier	candelabra, chandelier
changer	to change
la chanson	song
chanter	to sing
le chapeau	hat
le chaperon	hood
le petit chaperon rouge	Little Red Riding Hood
chaque	each, every
la charité	charity
la chasse	hunt, hunting
le chasseur	hunter
le chat	cat (male)
le château	palace, castle
la chatte	cat (female)
chaud (chaude)	warm, hot
il fait chaud	the weather is hot, it's hot
la chaussette	sock
la chaussure	shoe
la chauve-souris, les chauves-souris	bat
le chef	boss, chief, head
le chemin	way, road, path
la chemise	shirt
le chemisier	blouse
cher (chère)	dear
chercher	to look for
le chercheur	seeker, searcher
le cheval, les chevaux	horse
faire du cheval	to go horse-riding
les Chevaliers (m.) de Beauvais	the Knights of Beauvais
le chevet	bedside table
les cheveux (m.)	hair
le chewing-gum	chewing gum
chez	at/to the house of
chez moi	at/to my house
chez toi	at/to your house
le chien (de garde)	(guard) dog (male)
la chienne (de garde)	(guard) dog (female)
le chiffre	number, figure
chimique	chemical
le chimiste	chemist
le chip	crisp
le chocolat	chocolate
choisir	to choose
la chose	thing
le chou	cabbage
chrétien (chrétienne)	Christian
le chromosome (X/Y)	chromosome (X/Y)
chronologique	chronological
le chrysanthème	chrysanthemum
la cicatrice	scar
le ciel	sky
le cinéma (ciné)	cinema
circuler	to circulate, to flow
les ciseaux (m.)	scissors
la clarinette	clarinet
la classe	class
la salle de classe	classroom
le classeur	file, ringbinder
classique	classical
la clé	key
les dates (f.) clés	key dates
le client	customer (male)
la cliente	customer (female)
le club	club
le cobaye	guinea pig
le cobra	cobra
le coca	coca cola
cocher	to tick
le cochon	pig
le cochon d'Inde	guinea pig
le code	code
codé	coded
le message codé	coded message
le cœur	heart
j'ai mal au cœur	I feel sick
le coffre	chest, boot of car
le coin	corner
la colle	glue
le collecteur de points	score card
la collection	collection
collectionner	to collect
le collège	school
le collier	necklace
la colonne	column
colorier	to colour
combien de	how much, how many
ça fait combien ?	how much is that?
on est le combien ?	what is the date?
la comète	comet
la commande	order
commander	to order
comme	like, as
commémorer	to commemorate
commencer	to start, to begin
comment ?	how, what?
ça s'écrit comment ?	how do you spell that?
le commissaire	inspector
le compas	pair of compasses
la compétition	competition
complètement	completely
compléter	to complete
le compositeur de musique	composer of music
comprendre	to understand, to include
compter	to count
le concert	concert
le concours	competition
la confiture	jam
continuer	to continue
se contracter	to contract
contre	against
le contrôle	test
contrôler	to check
copier	to copy
la corde	rope
le corps	body
correct (correcte)	correct
le correspondant	pen-friend (male)
la correspondante	pen-friend (female)
qui correspondent	matching, which correspond
corriger	to correct
à côté de	next to
le coton	cotton, cotton wool
se coucher	to lie down, to go to bed
le coude	elbow
la couleur	colour
le couloir	corridor
couper	to cut
la cour	yard, playground
le cours	lesson
le couvercle	lid
couvert	covered, cloudy
cracher	to spit
la cravate	tie
le crayon	pencil
le créateur (du prix Nobel)	creator (of the Nobel Prize)
la crème	cream
le café crème	white coffee
un grand crème	a large white coffee
le cricket	cricket
crier	to shout
le croissant	croissant
la cuisine	kitchen, cooking
le curry	curry

dans	in, into
la danse	dance, dancing
danser	to dance
la date	date
de	of, from
de A à Z	from A to Z
de 1 à 100	from 1 to 100
(le stylo) de Marianne	Marianne's (pen)
le début	beginning
déchiffrer	to decode
décider	to decide
décoder	to decode
découper	to cut out
découvrir	to discover
la définition	definition
le déjeuner	lunch
le petit déjeuner	breakfast
demain	tomorrow
demander	to ask, to ask for
le demi-pensionnaire	half-boarder
demi-tarif	half price
la demie	half-hour
et demie	half past
la dent	tooth
le départ	departure, start
ça dépend	it depends, that depends
dernier (dernière)	last
derrière	behind
des (de + les)	of the, from the
descendre	to go down, to get off
la descente	descent
la description	description
désert (déserte)	deserted
désirer	to want, to desire
désolé (désolée)	sorry
le dessin	drawing, art
dessiner	to draw
la destination	destination
le détail	detail
détester	to hate
le détroit Magellan	Magellan Strait
deuxième	second
la deuxième guerre mondiale	Second World War
devant	in front of
deviner	to guess
les devoirs (m.)	homework
diabolique	diabolical
le diabolo fraise	drink made with strawberry concentrate and lemonade
le diabolo menthe	drink made with mint concentrate and lemonade
le diagramme	diagram
le dialogue	dialogue
le diamant	diamond
le dictateur	dictator
le dictionnaire	dictionary
la différence	difference
différent (différente)	different
difficile	difficult
dimanche	Sunday
le dimanche	on Sundays
le dinosaure	dinosaur
dire	to say, to tell
le directeur	Headteacher (male)
la directrice	Headteacher (female)

disparaître	to disappear
disposer	to arrange
le disque	record
divisé par	divided by
divorcé (divorcée)	divorced
le doigt	finger
le domicile	home town
dommage !	pity!
donner	to give
dormir	to sleep
le dos	back
double	see *glace double*
doucement	gently, softly, quietly
le drapeau	flag
droit	straight
tout droit	straight on
droite	right
du (de + le)	of the, from the
la durée de vie maximale	maximum life expectancy
la dynamite	dynamite
l'eau (f.)	water
l'eau (f.) minérale	mineral water
échanger	to exchange
l'échelle (f.)	ladder, scale
l'échelle (f.) de corde	rope-ladder
l'éclair (m.)	éclair
éclairer	to light up
l'école (f.)	school
l'économiste (m.) politique	political economist
écossais (écossaise)	Scottish
l'Écosse (f.)	Scotland
écouter	to listen, to listen to
écrasé (écrasée)	crushed
écrire	to write
ça s'écrit comment ?	how do you spell that?
l'écrivain (m.)	writer
l'éducation (f.)	education
l'effaceur (m.)	ink eraser
effervescent (effervescente)	effervescent
égaler	to equal
l'église (f.)	church
égoutter	to drain
l'élastique (m.)	elastic band
l'éléphant (m.)	elephant
l'élève (m./f.)	pupil
elle	she
elles	they (female)
l'empereur (m.)	emperor
l'emploi (m.)	job
l'emploi (m.) du temps	timetable
l'employé (m.)	employee (male)
l'employée (f.)	employee (female)
en	in
en face de	opposite
encadrer	to frame
encore	still, more
l'encyclopédie (f.)	encyclopaedia
l'enfant (m./f.)	child
enfin	finally, at last
l'énigme (m.)	puzzle
enlever	to take off
l'ennemi (m.)	enemy
ennuyeux (ennuyeuse)	boring
énorme	enormous
entendre	to hear
entier (entière)	whole, entire

entre	(in) between
l'entrée (f.)	entrance, ticket to get in
entrer	to enter, to go in
envelopper	to wrap
environ	about
s'envoler	to fly off
l'épaule (f.)	shoulder
les épinards (m.)	spinach
l'épisode (m.)	episode
l'EPS (f.) (l'éducation physique et sportive)	PE
l'équipe (f.)	team
l'erreur (f.)	mistake
es (tu es)	see *être*
l'escalade (f.)	climbing
l'escalier (m.)	staircase
l'escalier (m.) de secours	emergency staircase
l'escargot (m.)	snail
l'Espagne (f.)	Spain
essayer	to try
est (il/elle/on est)	see *être*
l'estomac (m.)	stomach
et	and
l'étage (m.)	floor, storey
l'été (m.)	summer
en été	in summer
éteindre	to put out, to turn off
éternuer	to sneeze
êtes (vous êtes)	see *être*
l'étiquette (f.)	ticket, label
être (suis, es, est, sommes, êtes, sont)	to be
l'Europe (f.)	Europe
européen (européenne)	European
éviter	to avoid
exactement	exactly
l'excursion (f.)	excursion
excuse-moi, excusez-moi	excuse me
l'exemple (m.)	example
par exemple	for example
exister	to exist
l'expérience (f.)	experiment
explorer	to explore
l'expression (f.)	expression
l'externe (m./f.)	day-pupil
extraordinaire	extraordinary
fabriquer	to make
face	see *en face de*
facile	easy
faire (fais, fait, font)	to do, to make
fais (je fais)	see *faire*
fait (il/elle/on fait)	see *faire*
ça fait combien ?	how much is that?
il fait nuit noire	it's pitch black
fameux (fameuse)	famous
la famille	family
le fantôme	ghost
fatigué (fatiguée)	tired
il faut	you need
le fauteuil	armchair
faux (fausse)	false, wrong
félicitations	congratulations
la femme	woman, wife
la fenêtre	window
la fente	slot
fermer	to close
la fête	party, festival
on fait la fête	we're having a party

la feuille	leaf, sheet
le feutre	felt pen
les feux (m.)	traffic lights
les feux (m.) d'artifice	fireworks
le fiancé	fiancé
la fiancée	fiancée
le fil	thread, wire
le fil barbelé	barbed wire
le fil de laine	yarn
la fille	girl, daughter
le film	film
la fin	end
finalement	finally
finir	to finish
le flan	egg custard
fluo (fluorescent)	fluorescent
la flûte	flute
la flûte à bec	recorder
flûte !	blast!
la fois	time
le fond	base
font (ils/elles font)	see *faire*
le foot(ball)	football
la forêt	forest
le forgeron	blacksmith
la forme	shape, form
se former	to form
formidable	brilliant
formidabuleux	fantabulous
fort (forte)	strong
fort en (forte en)	good at
le four	oven
la fourmi	ant
la fraise	strawberry
le franc	franc
français (française)	French
la France	France
francophone	French-speaking
frapper	to knock
le frère	brother
les frites (f.)	chips
froid (froide)	cold
il fait froid	the weather is cold, it's cold
le fromage	cheese
le fruit	fruit
furieux (furieuse)	furious
gaélique	Gaelic
gagner	to earn, to win
la galette des Rois	Twelfth-Night cake
le pays de Galles	Wales
gallois (galloise)	Welsh
le gangster	gangster
le gant	glove
le garage	garage
le garçon	boy
la gare	station
le gâteau	cake
gauche	left
le gaz carbonique	carbon dioxide
gazeux (gazeuse)	fizzy
le géant	giant
il gèle	it's freezing
le général	general
génial !	great!
le genou, les genoux	knee
la géographie (la géo)	geography
la gerbille	gerbil
la glace	ice, ice-cream
la glace double	double ice-cream
la glace simple	single ice-cream
glisser	to slip, to slide
la gomme	rubber
la gorge	throat
la graine	grain
la grammaire	grammar
le gramme	gram
grand (grande)	tall, big
la grand-mère	grandmother
le grand-père	grandfather
le graphique	graph
l'arbre (m.) graphique	decision tree, tree graph
gratuit (gratuite)	free
la Grèce	Greece
le grenier	loft
la grenouille	frog
la griffe	talon, claw
la grille	grill, grid
gris (grise)	grey
gros (grosse)	big, fat
le groupe	group
la guerre	war
la guerre de Cent Ans	Hundred Years War
le guide	guide
la guillotine	guillotine
guillotiné (guillotinée)	guillotined
la guitare	guitar
la gymnastique (la gym)	gymnastics (gym)
habiter	to live
la hache	axe
le hamster	hamster
le handball	handball
hausser les épaules	to shrug one's shoulders
haut (haute)	high
en haut de	at the top of
hein	huh
l'hélicoptère (m.)	helicopter
l'herbe (f.)	grass
l'héroïne (f.)	heroine
le héros	hero
hésiter	to hesitate
l'heure (f.)	hour, time, o'clock
à 7 heures	at 7 o'clock
le hibou	owl
hindou (hindoue)	Hindu
l'histoire (f.)	story, history
l'histoire-géo(graphie) (f.)	combined history and geography
le hit-parade	charts
l'hiver (m.)	winter
en hiver	in winter
l'homme (m.)	man
l'homme (m.) politique	politician
l'Hongrie (f.)	Hungary
l'hôpital (m.)	hospital
le hoquet	hiccoughs
l'horloge (f.) (normande)	(grandfather) clock
l'horreur (f.)	horror
horrible	horrible
l'hôtel (m.)	hotel
houp-là !	whoops!
humain (humaine)	human
hurler	to howl
l'hymne (f.) nationale	national anthem
hyper-génial	mega-good
ici	here
l'idée (f.)	idea
identifier	to identify
l'identité (f.)	identity
l'igloo (m.)	igloo
il	he
il y a	there is, there are
illustre	famous, illustrious
illustrer	to illustrate
ils	they (male, or male and female)
l'image (f.)	picture
imaginaire	imaginary
imaginer	to imagine
immense	huge, vast
impatiemment	impatiently
impatient (impatiente)	impatient
impossible	impossible
imprimé (imprimée)	printed
l'imprimerie (f.)	printing
improviser	to improvise
inconnu (inconnue)	unknown
incroyable	incredible
l'indication (f.)	indication
indigène	native
indigo	indigo
l'infinitif (m.)	infinitive
l'ingénieur (m.)	engineer
l'ingrédient (m.)	ingredient
insatiable	insatiable
l'inspecteur (m.)	inspector
l'instant (m.)	second, instant
l'instruction (f.) religieuse	RE
l'instrument (m.)	instrument
intéressant (intéressante)	interesting
l'intérieur (m.)	inside
international (internationale)	international
l'interview (f.)	interview
inventer	to invent
l'inventeur (m.)	inventor
l'inverse (m.)	opposite, inverse
l'invitation (f.)	invitation
l'invité (m.)	guest (male)
l'invitée (f.)	guest (female)
l'Irlande (f.)	Ireland
l'Italie (f.)	Italy
l'itinéraire (m.)	itinerary
j'	see *je*
la jambe	leg
le jambon	ham
janvier	January
le jardin	garden
jaune	yellow
le jaune d'œuf	egg yolk
le jazz	jazz
je (j')	I
le jean	jeans
jeter	to throw
le jeton	counter, token
le jeu, les jeux	game, quiz
le jeu téléphonique	phone-in quiz
le jeu vidéo	video game
jeudi	Thursday
le jeudi	on Thursdays
jeune	young
le jiu-jitsu	ju-jitsu
la Joconde	Mona Lisa
le jogging	jogging

jouer (à/de)	to play
le jour	day
juif (juive)	Jewish
le jumeau, les jumeaux	twin (male)
la jumelle, les jumelles	twin (female)
la jupe	skirt
le jus (d'orange, de pomme)	(orange, apple) juice
jusqu'à	up to, until

K

le karting	go-karting
le ketchup	ketchup
le kilo(gramme)	kilo(gram)
le kilomètre	kilometre

L

l'	see la and le
la (l')	the, her, it
là	there
là-bas	over there
le laboratoire	laboratory
le lac	lake
la laine	wool
laisser	to leave
le lait	milk
la lampe de poche	torch
la langue	tongue, language
le lapin	rabbit
laver	to wash
se laver	to wash oneself
le (l')	the, him, it
la lecture	reading
la légende	key, caption
légèrement	lightly
lentement	slowly
les	the, them
la lettre	letter
lever	to raise
lever les yeux	to look up
se lever	to get up
libre	free
la limonade	lemonade
lire	to read
la liste	list
le litre	litre
la livre	pound
le livre	book
la logique	logic
loin	distant, far
Londres	London
long (longue)	long
la longueur	length
le look	look
lors	at the time of
le lot	lot (in an auction)
le loup	wolf
Lueur Noire	Lueur Noire (Black Light)
lui	to him, to her
la lumière	light
lundi	Monday
le lundi	on Mondays
la lune	moon
les lunettes (f.)	glasses
le lycée	school

M

M.	see monsieur
ma	my
madame (Mme)	Mrs, madam
mademoiselle (Mlle)	Miss
le magasin	shop
le mage	see rois mages
magique	magic
le magnétophone	tape recorder
le magnétoscope	video recorder
la main	hand
maintenant	now
mais	but
la maison	house
à la maison	at home
le mal	pain, ache
j'ai mal à la gorge	I've got a sore throat
j'ai mal à la tête	I've got a headache
malade	ill
la maladie	illness
maman	mum
le mammifère	mammal
manger	to eat
le manoir	manor, country house
manquer	to miss
le manteau	coat
la marche	step
le marché	market
marcher	to walk
mardi	Tuesday
le mardi	on Tuesdays
la mare	pool
le Maroc	Morocco
marron	chestnut, brown
la mascotte	mascot
le match de foot	football match
le matériel	material
les mathématiques (f.) (les maths)	maths
la matière	school subject
mauvais	bad
il fait mauvais	the weather's bad
maximal (maximale)	maximum
me	me, to me
méchant (méchante)	naughty, vicious, nasty
mélanger	to mix
le membre	member
même	same, even
mémoriser	to memorise
mental (mentale)	mental
la menthe	mint
merci	thank you
mercredi	Wednesday
le mercredi	on Wednesdays
la mère	mother
mes	my
le message (codé)	(coded) message
la mesure	measurement
mesurer	to measure
le mètre	metre, tape measure
le métro	underground (train)
mettre	to put
au micro	on vocals
le micro-ordinateur	personal computer
midi	midday
mie	see pain de mie
le miel	honey
le milieu	middle
au milieu de	in the middle of
mille	thousand
des milliers	thousands
le millimètre	millimetre
le mime	mime
mimer	to mime
mince !	blast!
minérale	see eau minérale
minuit	midnight
la minute	minute
le miracle	miracle
le mixeur	food-processor
Mlle	see mademoiselle
Mme	see madame
le mobile	mobile
moderne	modern
la moelle épinière	spinal cord
moi	me
(c'est) à moi	(it's) mine
moins	less, minus
moins le quart	a quarter to
le mois	month
le moment	moment
mon	my
le monde	world
mondiale	world (adjective)
la (pièce de) monnaie	change
monsieur (M.)	Mr, sir
le montant	total
monter	to go up
la montre	watch
montrer	to show
la moquette	carpet
mort (morte)	dead
la mosquée	mosque
le mot	word
la moto	motorbike
la mouche	fly
moudre	to grind
moulu	see café moulu
la moustache	moustache
moyen (moyenne)	average
la moyenne	the average
multiplié (par)	multiplied (by)
le mur	wall
la mûre	blackberry
le muscle	muscle
le musée	museum
musical (musicale)	musical
la musique (pop)	(pop) music
musulman (musulmane)	Muslim
le mystère	mystery

N

n'	see ne … pas
nager	to swim
la naissance	birth
la natation	swimming
national (nationale)	national
la nationalité	nationality
la nature	nature
naturel (naturelle)	natural
les sciences (f.) naturelles	biology
le navigateur	navigator
n' … pas	see ne … pas
ne … pas	not
ne … plus	no more
ne … rien	nothing
né (née)	born
néerlandais (néerlandaise)	from the Netherlands, Dutch
il neige	it's snowing
le nerf	nerve
n'est-ce pas ?	isn't it?, aren't you?, don't they? etc.
neutraliser	to neutralise
le nez	nose

la niche	kennel	partout	everywhere	le poil	fur
n°	see *numéro*	pas	not (see also *ne … pas*)	le point	point
Noël	Christmas	le pas	step	le poisson	fish
noir (noire)	black	passer	to pass, to spend (time)	le poisson rouge,	goldfish
la noisette	hazelnut	la passoire	sieve	les poissons rouges	
le nom	name	le pâté	paté	le poisson tropical,	tropical fish
le nombre	number	la patinoire	skating rink	les poissons tropicaux	
non	no	la pâtisserie	cake shop, cakes and	la police	police
le nord	north		pastries	politique	political
normalement	normally	le patron	boss	un homme politique	politician
normande	see *horloge*	la patte	paw, leg (of animal)	la Pologne	Poland
la Norvège	Norway	payer	to pay	la pomme	apple
nous	we	le pays	country	la porte	door
nouveau (nouvelle)	new	le pays de Galles	Wales	le porte-clés	key-ring
le nuage	cloud	les Pays-Bas	Netherlands, Holland	le porte-monnaie	purse
la nuit	night	la peau	skin	porter	to carry, to wear
nul (nulle)	rubbish, bad	la pêche	fishing	le portrait	portrait
nul en… (nulle en…)	bad at…	le pédalo	pedalo	poser	to put
le numéro (n°)	number (no.)	le peintre	painter	poser une question	to ask a question
		la peinture	painting	possible	possible
l'objet (m.)	object	la pellicule	film	postale	see *carte postale*
les objets (m.) trouvés	lost property	pendant	during, for	la poste	post office
obligatoire	compulsory	la Pentecôte	Pentecost	le pot	pot
l'obstacle (m.)	obstacle	perdre	to lose	le poumon	lung
l'océan (m.)	ocean	perdu (perdue)	lost	pour	for, in order to
l'œil (m.)	eye (see also *yeux*)	le père	father	le pourboire	tip
l'œuf (m.)	egg	le perroquet	parrot	pourquoi	why
l'office (f.) de tourisme	tourist office	la perruche	budgerigar	pousser	to push
l'oignon (m.)	onion	le personnage	character	la poussière	dust
on	one, you, we	la personne	person	pouvoir (peux, peut,	to be able, can
l'oncle (m.)	uncle	personnel (personnelle)	personal	peuvent)	
ont (ils/elles ont)	see *avoir*	peser	to weigh		
opposé (opposée)	opposite	petit (petite)	small	pratique	practical
l'orange (f.)	orange	le petit déjeuner	breakfast	préféré (préférée)	favourite
l'ordre (m.)	order	les petites annonces (f.)	small ads	préférer	to prefer
l'oreille (f.)	ear	un peu (de)	a bit (of), a little	premier (première)	first
organiser	to organise	la peur	fear	prendre	to take
l'orteil (m.)	toe	j'ai peur	I'm afraid	prends tes mesures !	measure yourself!
l'os (m.)	bone	peut-être	perhaps	le prénom	first name
ou (bien)	or (even)	peut (il/elle/on peut)	see *pouvoir*	préparer	to prepare
où	where	peuvent (ils/elles peuvent)	see *pouvoir*	la préposition	preposition
oublier	to forget	peux (je/tu peux)	see *pouvoir*	près	near
oui	yes	la pharmacie	chemist's	présent (présente)	present
ouille !	ow! ouch!	le philosophe	philosopher	présenter	to introduce
ouvert (ouverte)	open	la photo	photograph	le Président	President
ouvrir	to open	la phrase	sentence	(de la République)	(of the Republic)
il ouvre la porte	he opens the door	la physique	physics	presque	almost
s'ouvrir	to open	les sciences (f.) physiques	physics	la pression	pressure
la porte s'ouvre	the door opens	le piano	piano	prier	to ask
oxygéner	to oxygenate	la pièce	room, coin, play	je t'en prie	don't mention it, it's
		le pied	foot	je vous en prie	a pleasure
la page	page	à pied	on foot	la princesse	princess
le pain	bread	le pionnier	pioneer	le printemps	spring
le pain de mie	sliced white bread	la piscine	swimming pool	au printemps	in spring
le pantalon	trousers	le pissenlit	dandelion	la prise	capture
papa	dad	la pistache	pistachio	le prisonnier	prisoner (male)
le papier	paper	le placard	cupboard	la prisonnière	prisoner (female)
Pâques (m.)	Easter	le plafond	ceiling	le prix	price, prize
le paquet	packet	la plage	beach	prochain (prochaine)	next
par là	over there	plaît	see *s'il te plaît* and *s'il*	les produits (m.)	products
le paragraphe	paragraph		*vous plaît*	le professeur (le prof)	teacher
parce que	because	le plan	map	profond (profonde)	deep
pardon	sorry, excuse me, I beg	plein (pleine)	full	promener	to walk
	your pardon	il pleut	it's raining	la prononciation	pronunciation
les parents (m.)	parents	la plume	feather	le/la propriétaire	owner
parler (à)	to speak (to)	plus	more, plus	protéger	to protect
partager	to share	plus tard	later	les provisions (f.)	groceries
le/la partenaire	partner	la poche	pocket	public (publique)	public
participer à	to take part in	le poids	weight	publié (publiée)	published
				puis	then

le pull-over — pullover
la pulpe — pulp
la purée — purée

quand — when
la quantité — quantity
le quart — quarter
  et quart — a quarter past
  moins le quart — a quarter to
que (qu') — what, which, whom
que veut dire... ? — what does ... mean?
quel (quelle), quels (quelles) — which
  on est quel jour ? — which day is it today?
  tu as quel âge ? — how old are you?
quelque chose — something
quelquefois — sometimes
quelqu'un — someone
qu'est-ce que — what
  qu'est-ce que tu as ? — what is the matter with you?
  qu'est-ce que tu fais le week-end ? — what do you do at weekends?
  qu'est-ce que c'est ? — what is it?, what is this?
  qu'est-ce qu'il y a ? — what is there?, what is the matter?
la question — question
la queue — tail, queue
qui — who, which
quitter — to leave
quoi ? — what?

la racine — root
raconter — to tell
la radio — radio
ramasser — to pick up
ranger — to put away, to tidy
le rat — rat
la recette — recipe
rechercher — to research
les recherches (f.) — research
la récompense — reward
recouvrir — to cover again
le reçu — receipt
réduire — to reduce
réduit (réduite) — reduced
le référendum — referendum, poll
refermer — to close again
regarder — to watch, to look at
la règle — ruler
la reine — queen
se relâcher — to relax
religieuse — see l'instruction religieuse
la religieuse — nun
la religieuse (au café) — round (coffee) éclair
relire — to re-read
remarquer — to notice
remonter — to go back up, to roll up (sleeves)
remplacer — to replace
répéter — to repeat
replier — to fold back
répondre — to answer
la réponse — answer
la reprofiche — repromaster
le reptile — reptile
la République française — French Republic

ressembler à — to look like
le restaurant — restaurant
rester — to stay
le résultat — result
le résumé — summary
la résurrection — resurrection
en retard — late
retourner — to go back
le rétro-projecteur — overhead projector
retrouver — to find again, to meet
au revoir — goodbye
la revue — magazine
rien — nothing
rigoler — to joke, to laugh
rigolo — funny
rire — to laugh
le rire — laugh, laughter
la robe — dress
le robot — robot
le rock — rock (music)
le roi — king
les rois mages — the Magi (Three Wise Men)
le rôle — role
  changer de rôles — to change roles
romain (romaine) — Roman
le romanche — Romance (language)
rond (ronde) — round
ronfler — to snore
roter — to belch
rouge — red
le rouleau — rolling pin
rouler — to roll
le Royaume-Uni — United Kingdom
la rue — street
le rythme — rhythm

s'il te plaît }
s'il vous plaît } — please
sa — his, her, its
le sac — bag
le sac à dos — backpack, rucksack
le sachet — bag
le saint — saint (male)
la sainte — saint (female)
le Saint-Esprit — Holy Spirit
la Saint Vierge — the Holy Virgin
sais (je/tu sais) — see savoir
  je ne sais pas — I don't know
sait (il/elle/on sait) — see savoir
la salade — salad
sale — dirty
la salle — room
la salle de classe — classroom
salut — hello, hi
samedi — Saturday
  le samedi — on Saturdays
le sandwich (au fromage / au jambon) — (cheese/ham) sandwich
le sang — blood
sans — without
saperlipopette — good grief
sauter — to jump
sauvage — wild, savage
savent (ils/elles savent) — see savoir
savoir (sais, sait, savent) — to know
le saxophone — saxophone
la scène — scene, stage
les sciences (f.) — science

les sciences (f.) naturelles — biology
les sciences (f.) physiques — physics
le/la scientifique — scientist
scolaire — school (adjective)
le score — score
le scotch — sticky tape
le sculpteur — sculptor
la seconde — second
au secours ! — help!
le secret — secret
la secrétaire — secretary
la section — section
la semaine — week
semblable — similar
le sens — direction
  le bon sens — common sense
le sentier — path
séparer — to separate
le sergent — sergeant
le serpent — snake
sers-toi — help yourself
le serveur — waiter
la serveuse — waitress
servir — to serve
ses — his, her, its
seul (seule) — only, alone
seulement — only
le sexe — sex
le shopping — shopping
  faire du shopping — to go shopping
le short (de gym) — (gym) shorts
si — if, yes
siffler — to whistle, to hoot
signé par (signée par) — signed by
s'il te plaît }
s'il vous plaît } — please
le silence — silence
simple — see glace simple
sinon — if not, or else
le sirop (de cassis) — (blackcurrant) concentrate
le sitar — sitar
le sketch — sketch
le ski — ski, skiing
  faire du ski — to go skiing
le snack — snack
la sœur — sister
le soir — evening
la soirée — evening, party
le soleil — sun
  il y a du soleil — it's sunny
la solution — solution
sommes (nous sommes) — see être
le sommet — summit
son — his, her, its
le son — sound
le sondage — poll, survey
sont (ils/elles sont) — see être
la sortie — exit
sortir — to go out
soudain — suddenly
la soupe — soup
la souris — mouse
sous — under
souterrain — underground
le souvenir — souvenir
souvent — often
spécial (spéciale) — special
spirale — spiral

le sport	sport	le timbre	stamp
sportif (sportive)	sporty, athletic	timide	shy
le squelette	skeleton	le titre	title
la star	star (famous person)	toi	you
la station	station	(c'est) à toi	(it's) yours
le studio	studio	la toile	canvas
le stylo	pen	les toilettes (f.)	toilets
subsister	to survive	la tomate	tomato
le sucre (glacé)	(icing) sugar	la tombe	grave, tomb
la Suède	Sweden	ton	your
suédois	Swedish	la tortue	tortoise
(suédoise)		totaliser	to add up
suis (je suis)	see *être*	toujours	still, always
la Suisse	Switzerland	la tour	tower, turn
suisse-italien	Swiss-Italian	le tour	tour (of a place)
(suisse-italienne)		le tourbillon	whirlpool
la suite	continuation, next episode	la tournée	tour (by a band)
		la Toussaint	All Saints
suivant (suivante)	following	tout (toute), tous (toutes)	all, every
suivre	to follow	tout droit	straight on
super	great	tracer	draw
la superficie	surface area	le train	train
le supermarché	supermarket	la tranche	slice
sur	on, onto	le travail	work
sûr (sûre)	sure	travailler	to work
la surprise	surprise	traverser	to cross
surtout	especially	trembler	to tremble
suspendre	to hang	très	very
sympa	kind, nice, great	le trésor	treasure
le synthétiseur	synthesiser	le trombone	trombone
le système nerveux	central nervous system	la trompette	trumpet
		trop	too, too much
ta	your	tropical (tropicale)	tropical
la table	table	le trou	hole
le tableau	grid, table	la trousse	pencil case
le tableau noir	blackboard	trouver	to find
la tablette	bar (e.g. of chocolate)	tu	you
la taille	waist, height	le tuba	tuba
le taille-crayon	pencil sharpener	le tube	tube
la tante	aunt	tué (tuée)	killed
tard	late	la Tunisie	Tunisia
plus tard	later	le tunnel	tunnel
le tarif	tariff, price list	turbulent (turbulente)	turbulent
tarif réduit	reduced price	turque	Turkish
plein tarif	full price		
la tartelette	small tart	un, une	one, a (an)
tartiner	to spread	l'uniforme (m.)	uniform
te (t')	you, to you	uniquement	only
je peux t'aider ?	can I help you?	unisexe	unisex
la technologie (la techno)	technology	l'urinoir (m.)	public urinal
le tee-shirt	T-shirt	utile	useful
tel (telle), tels (telles)	such	utiliser	to use
le téléphone (tél.)	telephone		
téléphoner	to ring up	va (il/elle/on va)	see *aller*
la télévision (la télé)	television	va voir	go and see
le temps	time, weather	les vacances (f.)	holiday, holidays
le temps libre	free time	vaincu (vaincue)	beaten, conquered
le tennis	tennis	vais (je vais)	see *aller*
la terre	earth	la vanille	vanilla
par terre	on the ground	Varsovie	Warsaw
tes	your	vas (tu vas)	see *aller*
tester	to test	la veine	vein
le têtard	tadpole	le vélo	bicycle
la tête	head	faire du vélo	to go cycling
le texte	text	vendredi	Friday
le thé	tea	le vendredi	on Fridays
le théâtre	theatre	venimeux (venimeuse)	venomous, poisonous
le ticket (d'autobus / de métro)	(bus/underground) ticket	le venin	venom, poison
		venir (viens, vient, viennent)	to come

le vent	wind
il y a du vent	it's windy
la vente	sale
la vente de charité	charity auction
le ventre	stomach
le verbe	verb
la verrue	verruca, wart
vers	towards, about
la version	version
vert (verte)	green
la veste	jacket
le vestibule	hall
les vêtements (m.)	clothes
veulent (ils/elles veulent)	see *vouloir*
veut (il/elle/on veut)	see *vouloir*
veux (je/tu veux)	see *vouloir*
vide	empty
vidéo	see *cassette vidéo* and *jeu vidéo*
la vie	life
vieille	see *vieux*
viennent (ils/elles viennent)	see *venir*
viens (je/tu viens)	see *venir*
vient (il/elle/on vient)	see *venir*
la Sainte Vierge	the Holy Virgin
vieux (vieille)	old
la ville	town, city
en ville	to town, in town
le vin	wine
violet	violet
le violon	violin
la vipère	viper, adder
visiter	to visit
vite	quick, quickly
la vitrine	window
vive	see *brûlée vive*
le vocabulaire	vocabulary
voici	here is, here are
voilà	there is, there are
voir	to see
la voiture	car
la voix	voice
à voix haute	aloud
le volley	volleyball
vont (ils/elles vont)	see *aller*
vos	your
votre	your
je voudrais	I'd like
vouloir (veux, veut, veulent)	to wish, to want
vous	you
le voyage	journey
vrai (vraie)	true, real
le walkman	personal stereo, walkman
les WC (m.)	toilets
le week-end	weekend
y	there
y a-t-il ?	is there?, are there?
les yeux (m.)	eyes
zut (alors) !	drat!